사랑받는 여성들의 7가지 비결

헬렌 G. 브라운 지음
박종규 옮김

기원전

옮긴이 박종규
연세대 영문학과를 졸업하였고, 현재는 번역가로 활동중이다.
주요 번역서로는 『말콤 엑스』 『자신을 위한 인생을 사는 사람이 성공하는 10가지 방법』 『나는 좋은 습관입니다』 등이 있다.

사랑받는 여성들의 7가지 비결

지은이—헬렌 G. 브라운
옮긴이—박종규

1판 1쇄 발행일—2013년 5월 1일

펴낸곳 — 기원전출판사
펴낸이 — 정태경
출판 등록—제 22-495호
주소 — 서울시 송파구 풍납동 508번지 한강극동아파트상가 304호
전화 — 488-0468
팩스 — 470-3759
전자우편— giwonjeon@hanmail.net
ISBN 978-89-86408-65-2 03840

* 값은 뒷표지에 있습니다.

| 책머리에 |

인생을 5월의 활짝 핀 장미꽃처럼 아름답게

지금 내가 걷고 있는 길은 오직 나에게만 주어진 나의 길이다. 우리 인생은 결코 평탄한 길만으로 이루어져 있지 않다. 그것은 누구에게나 마찬가지다. 인간으로서 이 세상에 태어난 이상 자기의 인생은 자기 스스로 선택하고 개척해 나가지 않으면 안 된다.

우리의 인생에 기복이 심하고 평탄하지만은 않은 이유는 바로 자신의 미래에 대한 모든 것을 스스로 결정해야 하기 때문이다. 한마디로 자신의 역사는 자기 자신이 써나가는 것이다.

인간은 누구나 자신의 인생을 행복한 삶으로 만들고 싶어한다. 단 한 번뿐인 인생을 즐겁고 행복하게 꾸미고 싶다면, 무엇보다도 먼저 스스로 행복해지려는 의욕을 가져야 한다.

우리의 인생에 있어 출입구는 언제나 우리 가까이에 있다. 우리는 신중하게 선택하여 두드리기만 하면 되는 것이다. '당신이 서 있는 발 밑을 깊이 파라. 그러면 샘물을 얻으리라.'는 독일 속담처럼, 바로 우리 가까이에 행복의 열쇠가 놓여 있다.

성공이냐 실패냐는 자신의 삶에 대해 얼마나 애착을 갖고 있는가에 달려 있다. '나는 안 돼. 이건 내가 할 수 없는 일이야.' 하는 소극적인 생각으로는 처음부터 성공적인 삶을 기대하기 어렵다.

그렇다면, 성공적인 삶을 살고 있는 사람들은 어떤 마음가짐으로 살며, 우리와 무엇이 다를까? 그들은 자신의 삶에 대해 확신을 갖고 살아왔다는 것이다. 그들은 자신이 선택한 목표에 대해 결코 단념하지 않고 꾸준히 노력해 온 사람들이다.

'나는 안 돼, 안 돼.' 를 연발하는 의지가 약한 사람의 마음 속에는 이미 실패와 불행의 씨앗이 싹트고 있다. 이렇게 되면 모든 일에 자신감이 없어진다. 설령 어떤 일이 잘못되었을지라도, 그것을 받아들이는 방법에 따라 그 사람의 운명이 달라질 수 있다. 스스로 패자의 낙인을 찍어 버린다면, 모든 일에 자신감을 잃어 불행의 구렁텅이에서 영원히 헤어날 수 없을 것이다. 하지만 그것을 발판삼아 다시 일어선다면 성공의 문은 활짝 열릴 것이다.

진심으로 자신의 인생을 5월의 활짝 핀 장미꽃처럼 아름답게 만들고 싶다면 '지금 내가 살고 있는 이 방법이 내 삶에 있어서 가장 이상적인 방법인가?' 를 스스로에게 물어 보라.

운명을 바꾸는 힘, 기적이라고 말할 만큼 성공적인 삶을 만드는 마력은 바로 당신의 마음 속에 있다.

CONTENTS

1 인생을 성공으로 이끄는 비결

2 매력적인 아름다움을 찾는 비결

3 성공적인 직장 생활의 비결

4 친구와의 우정을 지키는 비결

5 연인과의 멋진 만남을 위한 비결

6 사랑을 성취하는 비결

7 행복한 결혼 생활의 비결

Chapter 1

인생을 성공으로 이끄는 비결

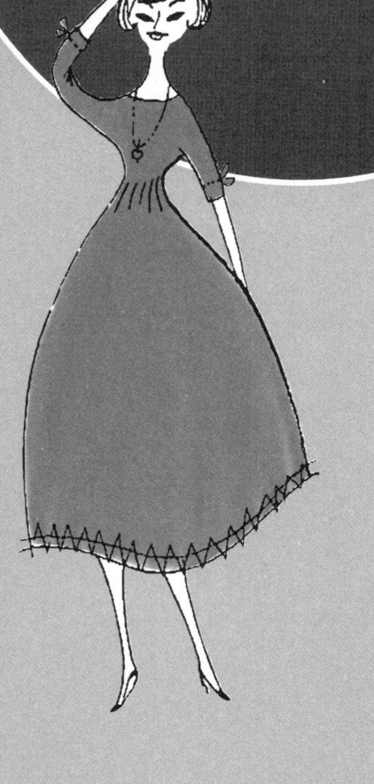

chapter 1

삶을 두려워하지 말고 믿고 의지하라

역경을 딛고 일어서는 사람만이 성공할 수 있다

인생이라는 배의 일등 항해사가 되라

뚜렷한 목표를 세우고 계획대로 실행하라

당신의 가치는 당신의 행동에 의해 평가된다

목적이 이끄는 삶을 살아라

다른 사람의 삶을 보고 도약의 발판으로 삼아라

늘 한결같은 마음으로 행동하는 여성이 되라

지성과 교양의 조화가 품위있는 인격을 만든다

모두로부터 선망받고 사랑받는 여성이 되라

충고해 주는 사람을 고맙게 생각하라

삶을 두려워하지 말고 믿고 의지하라

많은 사람들이 자신의 삶에 대해 두려움을 느낀다. 삶이란 보이지 않는 미지의 세계로부터 시시각각 다가와 물거품처럼 슬며시 사라져 가는 것이기 때문이다.

그런데 두려움은 인간의 의욕을 꺾어 버리는 가장 무서운 적이다. 두려움 속에서는 어떠한 개인의 창의력이나 행복의 꽃도 결코 피울 수 없다. 만일 당신이 자신의 삶에 두려움을 느낀다면, 먼저 그 두려움을 없앨 수 있는 방법부터 모색하라. 두려움을 다른 감정으로 승화시키는 것이다. 당신이 지닌 두려움이 오히려 당신의 삶을 빛나게 하는 촉매제가 될 수도 있다.

"나는 내 앞날에 놓여진 미지의 사실이 없었다면 아마 살 수 없었을 것이다."

뉴욕 필하모닉의 지휘자인 피에르 볼레르 씨는 이렇게 말했다.

당신이 느끼는 두려움을 미래에 대한 기대감과 신비감이라고 생각하라. 그리고 두려움을 적극적인 자세로 변화시켜 삶의 발전에 보탬이 되게 하라. 실패에 대한 의식적 혹은 무의식적 두려움은 당신 인생의 모든 분야에서 꿈을 이루려는 당신의 능력을 방해한다.

당신은 자신의 삶이 실패할지도 모른다는 사실을 두려워하지 말라. 자신이 실패하게 될 것이라는 그 생각을 두려워하라.

혹시 손해를 볼지도 모른다는 사실을 두려워하지 말라. 경솔한 자신의 생각을 두려워하라.

무엇인가를 잃게 되거나 사랑을 잃을까 봐 두려워하지 말라. 당신이 전혀 사랑할 수 없을지도 모른다는 생각을 두려워하라.

당신의 실수로 인해 주위 사람들로부터 비웃음을 받게 될지도 모른다는 사실을 두려워하지 말라. 당신이 남으로부터 '신뢰할 수 없는 여성' 이라는 말을 듣는 것을 두려워하라.

당신은 또한 쓰러질지도 모른다는 사실을 두려워하지 말라. 다음에도 현재와 같은 일을 되풀이하게 되지 않을까를 두려워하라.

이제 준비가 되었는가? 그렇다면 지금부터 희망을 가지고 세상을 향해 힘차게 뛰어들어라. 그리고 계속 전진하라.

세상을 두려워하지 말라. 삶을 믿고 삶을 의지하라. 삶이 곧 당신의 전부임을 기억하라.

역경을 딛고 일어서는 사람만이 성공할 수 있다

당신은 인생으로부터 당신이 원하는 거의 모든 것을 얻을 수 있다. 만약 당신이 자신에게 주어지는 몫을 다 차지하지 못한다면 당신은 무능하다는 말을 듣게 될 것이다.

아직 성공을 얻지 못한 사람들에게는 늘 역경이 기다리고 있는 법이다. 당신은 그 역경을 계기로 성공을 쟁취해야 한다.

어떤 여배우가 매우 성공적인 삶을 살고 있다고 하자. 멋진 남편과 결혼해 아이를 낳고 남부럽지 않은 행복한 생활을 하고 있을 뿐만 아니라, 아카데미상 후보에 오르고, 〈타임〉지의 표지 모델에, 그녀가 출연한 영화도 대성공을 거두었다.

그러나 앞으로 20년, 30년 후의 그녀를 상상해 보라. 우리는 그때 이 화려한 여배우의 고통을 보게 될지도 모른다. 사람은 누구나 늙기 마련이며, 사람을 늙게 만드는 세월의 위력 앞에서는 그 누구도 속수무책이다. 황금기를 영원히 누릴 수 있는 사람은 이 세상에 아무도 없다.

젊은 시절 큰 고통과 좌절을 겪는 사람도 있지만, 먼 훗날 그 역경이 결코 헛되지만은 않았음을 깨닫기도 한다.

인생에서 대가를 치르지 않는 사람은 없다. 겉보기에 매우 행복해 보이는 사람이라도 정신적으로는 어떤 고민 때문에 비참할 수 있다. 가장 축복받고 아름답고 부유하고 유명한 사람들 중에도 우울증을 겪는 사람이 있는가 하면, 일에 지쳐 있거나 알코올 중독자인 경우도 있다. 그들은 그런 식으로 대가를 치르는 것이다. 우리는 그런 사람들을 비난하기 전에 그들이 단지 자신들의 문제에 대해 대가를 치르고 있다는 점을 인식해야 한다. 우리 또한 우리의 성공에 대해 대가를 치러야 한다는 사실을 인정하지 않으면 안 된다.

우리 모두가 마릴린 먼로를 우상화하는 이유는 이 시대 섹시함의 대명사격인 그녀 역시 고통 속에 살았음을 잘 알기 때문이다. 그녀는 평생 동안 마리화나 중독으로 고통스러움을 맛보았다. 이 사실은 이 세상에 대가를 치르지 않고 사는 사람은 아무도 없다는 말을 더욱 분명히 뒷받침해 준다.

누군가를 시샘한다는 것은 올바른 대가를 지불하는 태도가 아니다. 그들에게 주어진 행운이 지금 당신에게 시기심을 불러일으키고 있다면, 그들이 겪어온 역경들을 생각해 보도록 하라. 그리고 당신 자신도 어떤 식으로든 대가를 지불해야 한다는 사실을 명심하라.

인생이라는 배의 일등 항해사가 되라

사람들은 늘 새로운 것을 추구한다. 지금까지 겪어보지 못한 새로운 경험을 해보고 싶어하는 한편 아직 다가오지 않은 미지의 세계에 대한 두려움도 동시에 느낀다.

당신도 지금 이 순간 새로운 세계에 대한 기대와 두려움이 교차하는 심리 상태에서 긴장하고 있는지 모른다. 학생 신분을 벗어나 사회인이 된다는 설레임과 우쭐함, 미지의 사람들을 만난다는 기대감, 그리고 부모님 곁을 떠나 독립하게 된다는 자신감과 두려움, 더 나아가서는 이성을 만나고 새로운 항해를 할 수 있다는 기대감 등 미지의 것에 대한 긴장감이 당신을 초조하게 만들 것이다.

하지만 새로운 삶이 오늘부터 시작된다고 해서 당신의 삶이 지금까지와 완전히 달라지는 것은 아니다. 조금 더 성숙하고 완전한 여성이 되기 위한 출발이 지금 이 순간부터 시작되었을 뿐이다.

사람들은 흔히 무지와 반신반의 속에서 불안과 두려움을 느낀다. 정비 기술도, 장비도 없이 드넓은 사막을 달리는 운전 기사는 계속 불안하고 초조할 수밖에 없다. 언제 엔진이 고장날지, 언제 타이어가 펑크날지 항상 조심스러울 것이기 때문이다.

우리 인생도 마찬가지다. 삶에 자신감이 없거나 사회 생활에서 필요한 교양과 지식을 갖추고 있지 못하면 늘 불안할 것이다.

자신감이 없는 사람이 어떻게 인생을 풍요롭게 살 수 있겠는가? 자기 스스로에 대한 확신과 자신감만이 삶의 행복을 가져다줄 수 있다. 따라서 보다 새롭고 적극적인 마음가짐으로 새로운 세계에 도전하지 않으면 안 된다.

꿈 많은 청춘 시절을 어떻게 보내느냐에 따라 당신의 미래는 확실히 달라진다. 그 인생의 배를 움직이는 선장은 물론 당신 자신이다. 따라서 당신은 자신의 배를 어떻게 움직여 나갈지 끊임없이 연구하고 노력하지 않으면 안 된다.

당신은 반드시 일등 항해사가 되어야 한다. 당신의 항해 기술이 부족하면 할수록 멋진 대륙에 다다르고 싶은 당신의 꿈도 멀어져갈 것이다. 거친 파도와 풍랑을 헤치고 어디든 새롭게 닻을 내릴 수 있는 미지의 땅을 향해 당신은 지금 돛을 올리고 있다. 가능한한 충분히 준비하여 자신감을 갖고 뒤돌아보지 말고 출발하라.

당신의 인생은 당신의 판단에 따라 완전히 달라질 수 있다.

뚜렷한 목표를 세우고 계획대로 실행하라

세상에는 뛰어난 능력을 마음껏 발휘하면서 살아가는 사람들이 많다. 그들도 원래는 평범한 사람들이었지만, 하나의 목표를 향해 정진함으로써 제한된 능력의 벽을 깨뜨리고 보통 사람의 경지를 뛰어넘은 것이다.

보통 사람은 제한된 능력 속에서 살아간다. 이것도 하고 싶고 저것도 하고 싶고, 그래서 마음 내키는 대로 그때그때 하고 싶은 것을 하면서 살아가는 것이다. 그러나 이런 무계획적인 생활 습관은 당신의 삶을 결코 성공으로 이끌어 주지 못한다.

성공한 많은 사람들의 생활은 성실한 계획과 목표 속에서 진행된다. 목표가 없는 생활은 사람을 나태하게 만들고 무계획적인 습관을 낳게 한다.

'공부할 때는 공부하고, 놀 때는 놀라.'는 말이 있다. 사회 구성원의 한 사람인 당신에게도 이 말은 해당된다. 계획적인 휴식이나 기분 전환은 분명히 필요하다. 그러나 어떤 일을 성취하려는 사람이 귀중한 시간을 무분별하게 다 써버린다면 어떻게 되겠는가?

세상에는 의외로 많은 사람들이 불평 불만과 투덜거림 속에서 살아가고 있다. 그들은 모두 무계획적인 삶을 살아가고 있는 사람들이다. 흔히 '나는 여자이니까……' 하고 포기해 버리는 여성도 많다. 이런 여성일수록 허황된 꿈을 갖게 된다.

목표도 없이 계획이 세워질 수는 없듯이, 계획 없이 얻어지는 결과란 있을 수 없다. 설사 무계획 속에서 어떤 일이 실행되었다 하더라도 그 결과는 만족할 만한 것이 못 될 것임에 틀림없다.

먼저 일을 익히고, 어느 정도 스스로 만족할 수 있을 정도의 토대를 만든 다음, 목표가 정해지면 계획을 세워 온 힘을 기울여야 한다.

영국을 크게 부흥시킨 대처 전 수상은 소녀 시절부터 사회사업에 관한 꿈을 가졌다고 한다. 그녀는 오직 그 꿈을 향해 뛰었다. 사회사업에 관한 꿈은 그녀에게 있어서 절대적인 목표였다. '보다 많은 사람들을 위해' 일하겠다는 것이 그녀가 사회사업을 꿈꾸게 된 동기였다.

그녀의 꿈은 학창시절을 거쳐서 사회인이 된 후에도 변하지 않았다. 변하기는 커녕 목표가 뚜렷한 그녀의 꿈은 한걸음 한걸음 현실로 다가서고 있었다. 그녀는 많은 사회단체에 가입하였고, 거기서 여성이라는 핸디캡에도 불구하고 맹활약을 시작하였다.

비교적 완벽한 여성 중의 한 사람으로 평가받고 있는 대처 전 수상의 정치적 발판은 이렇듯 젊은 시절 그녀의 뚜렷한 목표와 계획적인 활동으로 인하여 마련된 것이었다.

어떤 분야에서든 전문가가 되고자 하는 사람은 우선 그 목표가 뚜렷해야 한다. 하고자 하는 일을 할 수 있는 기회란 그리 흔치 않다. 목표와 계획이 없는 생활 속에서는 순간순간 다가오는 기회들을 재빨리 포착할 수가 없다. 내면적인 목표와 계획이 세워지고, 그것이 외적인 행동으로 표면화될 때 당신의 삶은 보다 완전해질 것이다.

먼저 뚜렷한 목표를 가져라. 계획을 세우지 않고 살아가는 삶은 방향을 모르고 정처없이 항해하는 배와 같다.

성공하는 여성들의 체크포인트

첫째, 뚜렷한 목표를 설정하라.

둘째, 인생의 목표를 설정한 다음에는 다시 부분별 목표를 정하라.

셋째, 가정 경영을 소홀히 하지 말라.

넷째, 자기계발에 있어서 시간과 자금 투자에 인색하지 말라.

다섯째, 생활 패턴을 변화시켜라.

여섯째, 시간 관리를 잘 하라.

일곱째, 급변하는 경제 흐름을 주시하라.

여덟째, 성공 훈련을 하라. 성공은 행동으로 옮기는 사람에게 주어진다.

당신의 가치는 당신의 행동에 의해 평가된다

다른 사람들로부터 신뢰를 받으려면, 오랫동안 꾸준히 성실하게 노력하는 자세가 필요하다. 하지만 불신은 반대로 아주 잠깐 사이에 생길 수 있다. 게다가 한번 잃어 버린 신뢰를 회복하기 위해서는 더욱 많은 시간과 노력이 필요하다.

우리들은 자칫 방심하여 '이 정도는 괜찮겠지.' '지금 당장 하지 않더라도 괜찮겠지.' '다음에 해도 되겠지.' 하는 등의 나태하고 안이한 생각들을 하기 쉽다. 또한 무심코 던진 한마디 말이 상대의 마음에 상처를 입히거나 인간 관계를 송두리째 허물어뜨리는 경우도 많다.

한번 엎질러진 물은 주워담을 수 없다. 그러므로 남을 험담하거나 헐뜯는 일은 결코 자기 자신에게 도움이 되지 않는다는 사실을 명심해야 한다.

여성에게 '조심성'이 없다면, 그것은 한마디로 '여성다움'이 없다는 뜻이다. 모든 일에 세심하게 신경쓰는 습관을 갖는 것, 그것은 바로 당신이 매력적인 여성이 되는 첫 번째 비결이다.

'흐린 물을 맑게 하기 위해서는 흐려진 물보다 훨씬 많은 양의 물이 필요하다.' 는 사실을 잊지 말라. 그리고 마음 속의 물이 흐려지지 않도록 늘 세심한 주의를 기울여야 한다.

모든 일을 실수 없이 완벽하게 할 수 있다면 얼마나 좋겠는가? 하지만 아무리 빈틈없는 준비와 최선의 노력을 기울이더라도 인간에게는 실수가 있기 마련이다. 그러나 실수한 그 일보다도 '나는 틀렸구나.' 하고 좌절해 버리는 것이 더 심각한 문제다.

'이렇게 하면 또 그렇게 되겠지.' 하고 필요 이상으로 두려워하는 사람이 있다. 걱정을 하면 할수록 일을 시작하려는 용기는 더욱 솟아나기 어려운 법이다.

불안이나 두려움은 미지의 것에서 생겨난다. 즉, 앞으로 다가올 미래에 대한 확신이 없을 때 두려움이 생긴다. 따라서 자기가 걸어갈 길을 미리 정해 놓는 것이 좋다. 미래에 대한 목표를 세움으로써 자신이 하려는 일에 확신을 가질 수 있다. 신중함은 당신의 인생을 실패로부터 성공으로 끌어올리는 데 중요한 견인차 역할을 한다.

'내 장래는 앞으로 어떻게 될까?' 하고 마치 남의 일처럼 막연한 질문을 던지는 사람이 있다. 자기 인생이 어떻게 되는가는 자신의 노력 여하에 달려 있다.

당신의 인생이 변화한다는 것은 외적인 문제가 아니라, '하면 된다'

는 신념과 노력에 의해 새로운 가치관이 생기는 당신 자신의 내적인 문제이다.

혼자 있을 때도 여러 사람과 함께 있을 때처럼 조심스럽게 행동하고 세밀한 계획을 세워 실천에 옮기는 습관을 들이면, 머지않아 당신은 다른 사람들로부터 신뢰받는 여성이 될 것이다. 신뢰받지 못하는 여성은 결코 자신의 인생을 멋지게 성공적으로 가꾸어 나갈 수 없다.

미래에 대한 성패는 당신 자신에게 달려 있다. 그러므로 지금부터 새로운 마음가짐으로, 지금 다시 태어난 기분으로 시작하라. 모든 것은 바로 지금 이 순간부터 시작되는 것이다.

단지 여성이라는 사실만으로 진정한 아름다움을 간직할 수는 없다. 당신의 가치는 당신의 행동에 의해 평가되는 것이므로…….

세상은 우리마음을 비추는 거울이다

세상은 거울과도 같다.

당신이 웃으면 거울도 웃는다. 당신이 찡그리면 거울도 찡그린다.

빨간색 유리를 통해 세상을 보면 모든 것이 빨갛고,

파란색 유리를 통해 보면 모든 것이 파랗다.

연기에 그을린 유리를 통해 보면 모든 것이 희미하고 뿌옇게 보인다.

그러므로 항상 사물의 밝은 면을 보려고 애쓰도록 하라.

세상의 거의 모든 것은 밝은 면을 지니고 있다.

목적이 이끄는 삶을 살아라

길을 걸을 때 빨리 가려면 앞서 가는 사람을 앞질러야만 한다. 어느 곳이든 가고자 하는 목적지를 정해 놓고 걸으면 더 빨리, 그리고 지름길로 갈 수가 있다. 하지만 목적 없이 길을 걷는 사람은 그 속도가 느릴 뿐만 아니라 주의가 산만해져 좌우를 기웃거리게 된다. 가고자 하는 목적지가 분명한 사람은 결코 한눈을 팔지 않는 법이다.

사람은 일단 목표를 정하면 의욕이 생겨난다. 목표는 자기에게 알맞게 정해야 한다. 너무 높거나 크거나, 혹은 너무 기간이 짧거나 양이 많거나 하면, 한계를 느껴 노력을 포기해 버리는 경우가 생길 수도 있다. 또한 목표에서 너무 거리가 멀어져도 중도에 포기해 버리기 쉽다.

목표하는 바가 장기간을 필요로 하는 것일 때는 몇 개의 단기 계획을 세워 중간 목표를 정한다. 그러면 목표와 실적을 대비하면서 체크하기가 쉽고 자기의 잠재력을 맘껏 발휘할 수도 있다. 목표에 가까워지면 얼마 남지 않았다는 설레임으로 더욱 의욕이 생겨 더 큰 힘을 발휘하게 된다.

일단 목표가 정해지면 혼신의 힘을 기울여야 한다. 그것이 취미 생활이든 직장의 업무든 간에 당신의 모든 정열과 노력을 쏟아붓지 않으면 안 된다. 막연히 어떻게 되겠지 하는 생각으로 목표에 도전한다면 당신은 그 목표에 도달하기도 전에 실패의 늪 속으로 빠지고 말 것이다.

여성들은 흔히 '여성은 나약한 존재'라는 잠재의식에 휩싸여 있는 경우가 많다. 따라서 직장에서나 사회 생활에서 프로의식이 결여되기 쉽다. 그러나 이같은 생각은 아주 낡아빠진 발상이다. 여성은 남성보다 결코 나약하지 않다.

여성들이여! 목표를 정하여 잠자고 있는 당신 마음 속의 정열을 일깨워라. 스스로를 태우는 촛불처럼 자신을 불태움으로써 목적하는 바를 성취할 수 있다. 스스로를 불태우지 않는 이상 당신은 결코 빛날 수 없을 것이다.

성공의 비결은 포기하지 않고 끝까지 도전하는 것

에디슨은 전구를 발명하기까지 147번의 실패를, 그리고 라이트 형제는 비행에 성공하기까지 무려 805번의 실패를 겪었다. 실패한 사람의 95%는 실패한 것이 아니라 중도에 포기한 사람들이라고 한다. 결국 성공이란 어떤 어려운 상황에 처하더라도 포기하지 않고 끝까지 도전하는 자의 몫이라 할 수 있다.

다른 사람의 삶을 보고 도약의 발판으로 삼아라

현대인의 특징은 추상적이지 않고 구체적이라는 점이다. 구체적인 인간은 자기의 삶과 자기가 해야 할 일을 가지고 있다. 자기 몫의 일을 갖고 있지 않은 사람은 사회 구성원으로서의 역할을 다할 수 없다. 일이란 인간이 사회 생활을 영위하는 데 있어서 삶의 밑바탕이 된다. 그렇다면 어떤 일을 하면서 어떻게 살아갈 것인가?

우리 주위에는 다양한 예가 있다. 당신이 하고자 하는 바를 달성하려거든 먼저 다른 사람의 삶을 살펴보라. 살아가는 방법도 적극적으로 배우려고만 한다면, 좋은 경우와 좋지 못한 경우를 얼마든지 찾아낼 수 있다. 그것은 단지 당신의 마음에 달려 있을 뿐이다.

'다른 사람의 행동을 보고 내 행동을 고쳐라.' 는 말이 있다. 인간적인 면에서나 업무적인 면에서 남에게 뒤처지지 않고 빨리 적응할 수 있는 가장 효과적인 방법은 다른 사람을 관찰하는 일이다. 직접 보고 배우는 것이 가장 빨리 배울 수 있는 방법이다.

삶이란 창조하는 것이지만 그 삶을 이루는 생활은 모방이다. 우리가 학교에서 배우고 익히는 학습 역시 모방이다. 남의 물건을 훔치면 도둑으로 취급받지만, 지식은 공개된 장소에서 마음대로 훔칠 수가 있다.

다른 사람이 하고 있는 일을 자세히 관찰하다 보면, 그 사람이 많은 시간을 낭비하며 겪은 시행착오 속에서 건져올린 합리적인 기법을 짧은 시간에 터득할 수 있다. 다른 사람의 삶을 통해서 당신은 한층 더 성장할 수 있는 것이다. 남을 관찰함으로써 당신은 보다 더 효과적인 생활방식을 찾아낼 수 있을 것이다.

당신이 진심으로 성장하고 싶거든 다른 사람을 주의깊게 관찰하는 습관을 들여라. 그의 일을 관찰하고, 그의 삶을 관찰하라. 그리하여 당신의 삶에서 새롭게 도약할 수 있는 발판으로 삼아라. 좋은 견본은 좋은 상품을 만든다.

인생의 책 세 권 중 가장 중요한 것은 '현재'라는 이름의 제2권

사람은 일생동안 세 권의 책을 쓴다. 제 1권은 과거라는 이름의 책으로 이미 집필이 완료되어 책장에 꽂혀 있다. 제 2권은 현재라는 이름의 책으로 지금의 몸짓과 언어 하나하나가 그대로 기록된다. 제 3권은 미래라는 이름의 책으로 아직 아무것도 적혀 있지 않은 백지 상태이다. 오늘을 얼마나 충실하게 사느냐에 따라 인생의 방향이 완전히 달라진다. 오늘은 앞으로 살아갈 삶의 첫번째 날이다.

내가 헛되이 보낸 오늘 하루는 어제 죽어간 이들이 그토록 바라던 하루이다.

늘 한결같은 마음으로 행동하는 여성이 되라

미국의 한 유명 의류 회사 사장은 그의 자서전에서 다음과 같이 밝히고 있다.

"같은 업종 종사자들로부터 결혼 중매를 부탁받을 때가 있는데, 상대가 성실해 보이는 남자라면 내 회사에서 가장 우수하고 진실한 여성을 소개한다. 이기적으로 생각하자면 회사로서는 손해일 수 있지만 어쩐지 그렇게 된다."

자신에게 주어진 임무를 묵묵히 충실하게 수행하며 목표를 향해 전진해 보라. 굳이 말하지 않더라도 당신이 흘린 땀과 소비한 시간은 당연히 노력의 결과로써 나타난다.

주위 사람들은 항상 당신의 일거수 일투족을 주시하고 있다는 사실을 기억하라. 특히 당신이 직장 여성일 경우, 상사의 눈은 결코 그냥 지나치지 않을 것이다.

당신의 성실성과 노력에 대해서는 언제나 주위 사람들이 그에 걸맞는 평가를 해줄 것이다. 말과 행동이 일치하지 않는 사람, 겉과 속이 한결같지 않은 사람은 주위 사람들로부터 신뢰받지 못한다. 무의식중에 행하는 매일매일의 평범하고 사소한 행동들이 당신의 장래 인생을 좌우할 수도 있다.

큰 강물도 그 근원을 거슬러 올라가면 한 방울의 물이 모여서 이루어진 것이다. 지금 이 순간에도 당신 주위에는 당신을 관찰하고 있는 사람이 많다는 사실을 명심하라. 당신의 인생이 자신도 모르는 곳에서 끊임없이 움직이고 있다는 사실을 기억하라. 당신의 모든 행위는 행복과 직결된다는 것도 잊지 말라. '저 아가씨는 틀렸어.' 라는 비판의 화살이 순식간에 당신에게로 날아올 수도 있다.

늘 한결같은 마음, 한결같은 행동으로 임한다면, 봄이 따로 없어도 어느 때든 원하기만 하면 꽃을 피울 수가 있다. 당신의 땀과 체험은 풍요의 밑거름이 되어 당신의 삶을 보다 여유롭게 해줄 것이다. 땅 속의 씨앗은 양분을 주지 않으면 설사 봄이 돌아온다 해도 꽃을 피우지 않는다. 인생의 개화도 마찬가지다.

마음 속에 새겨두고 싶은 한마디

행동의 씨앗을 뿌리면 습관의 열매가 열리고,
습관의 씨앗을 뿌리면 성격의 열매가 열리고,
성격의 씨앗을 뿌리면 운명의 열매가 열린다.

지성과 교양의 조화가 품위있는 인격을 만든다

지성은 감정을 이끌어 나감으로써 여성의 아름다움을 더욱 빛나게 만든다. 인간적인 모든 아름다움의 원천은 바로 지성이다. 그러면 그러한 인간적 아름다움의 근원이 되는 지성을 갖추기 위해서는 어떻게 해야 할까? 또한 그것이 우리의 인생에 미치는 영향은 어떤 것일까?

모든 아름다움의 근원이 되는 지성은 교양을 쌓음으로써 갖추어진다. 교육을 통해서 얻게 되는 지식은 물론이고, 모든 정신적 차원의 성숙을 위한 교양을 통해서 지성은 당신에게 조화로운 아름다움을 가져다준다. 그것은 내적인 측면에서의 자기 수양을 의미하며, 외적인 측면에서의 세련되고 원만한 인간 관계를 뜻한다.

지성의 정도를 정확히 측정하기는 어렵지만, 당신이 상대와 나누는 대화 속에서 당신의 지식과 교양의 수준이 대부분 드러난다.

만약 외적으로 아름다움을 갖춘 당신에게 지적인 풍요로움이 따르지 않는다면, 그 교양의 저속함으로 인해 다른 사람에게 좋은 평가를 받을 수 없을 것이다.

하지만 당신이 비록 외적으로는 그다지 아름답지 못할지라도 내적으로 고귀한 지성과 빛나는 교양이 넘치고 있다면, 내적인 아름다움으로 인해 인격의 고상함을 인정받게 될 것이다. 또한 여성적인 부드러움과 아름다운 인품까지도 소유할 수 있다. 이처럼 지성은 당신의 마음과 생활에 아름다움을 더해 주는 활력소이다.

이렇게 중요한 지성이 당신이 본래부터 가지고 있는 감정을 올바로 인도하여 세련되게 표출시킬 때 아름답고 품위있는 행동으로 나타난다. 감정이란 원래 보석과 같아서 갈지 않으면 빛이 나지 않지만, 번뜩이는 지성으로 갈고 닦으면 세련된 감정의 본성을 보석처럼 아름답게 드러낸다.

감정이 엷은 여성은 이미 여성다움을 잃고 있는 것이나 마찬가지다. 감정이란 여성에게 있어서는 인생의 깊이이자 생활의 리듬이며, 아름다움의 원천이자 행복의 바탕이다.

감정을 이끄는 지성은 성숙한 교양에서 나온다. 교양이 갖추어질 때 비로소 가슴에 번뜩이는 지성이 살아 숨쉴 수 있으며, 감정은 그 지성의 섬광 아래에서만 당신을 아름다운 여성으로 돋보이게 만들 수 있다.

이 전체적인 조화는 바로 당신을 우아하고 품위있게 만들어주는 인격으로 나타난다. 교양은 지성을 이루며, 지성은 감정을 이끈다. 그리고 감정은 당신을 품위있고 세련된 아름다움을 지닌 여성으로 만들어준다.

그렇다면 조화로운 아름다움이란 대체 어떤 것이며, 어떻게 만들어지는가? 어떠한 관심과 노력이 당신을 진정한 아름다움으로 이끌어 주는가?

대부분의 여성들에게는 아름다움을 얻기 위한 노력과 관심이 그들의 생활에서 상당 부분을 차지한다. 그들에게는 인생의 목적이 바로 아름다움인 듯한 느낌마저 들기도 한다.

그러나 아름다움이란 씨앗을 뿌리고 가꿈으로써 맺어지는 열매이지, 단순히 갖고 싶다고 얻어지는 사치품은 아니다.

근면하고 정직한 사업가는 돈을 벌기 마련이고, 유능한 사람은 능력에 걸맞는 지위를 얻게 되듯이, 깊이있는 교양과 부드러운 감성을 지닌 여성은 이미 그것이 하나의 아름다움으로 승화되는 것이다. 아름다워지고 싶다는 소망만으로는 원하는 대로 아름다워질 수 없다.

여성의 아름다움이란 번뜩이는 지성과 부드러운 감성 뒤에 묻혀 있는 아직 발견되지 않은 보석과도 같은 것이다. 따라서 교양과 고귀한 지성을 갖추면 자연히 드러나게 된다. 그러므로 어떻게 하면 아름다워질까를 생각하지 말고, 어떻게 하면 고귀한 지성과 교양을 갖출 수 있는가를 생각하라.

모든 사람은 각자 나름대로의 교양과 지성을 갖추고 있다. 그 척도는 바로 그 사람의 문화 수준이며, 생활 수준이다. 그리고 그 전체의 수준이 곧 아름다움의 정도로 나타나는 것이다.

높은 교양과 고상한 지성은 건전한 배움으로부터 나온다. 배움이란 학교 교육도 중요하지만, 사회 교육도 매우 중요하다. 그리고 더욱 중요한 것은 독서나 인간 관계를 통하여 당신 스스로 깨닫게 되는 자발적인 배움이다. 고상한 지성은 꾸준한 탐구와 노력의 대가이다. 생활 속에서 언제나 정상을 향해 탐구하는 자세로 진실하게 살아갈 때 지성은 보다 풍부해질 것이다.

단순한 외적 아름다움에만 치우치지 말라. 내적인 지성의 풍요로움과 자연스럽게 조화를 이루어 당신의 삶을 감쌀 때 아름다움은 당신에게 자연히 스며들게 된다.

배움을 향한 진지한 노력과 열정으로 올바른 교양과 고상한 지성을 위해 당신의 삶을 투자하라. 당신이 참으로 아름다운 여성이 되는 유일한 길은 곧 당신이 지적인 여성이 되는 일이다.

지성과 교양을 겸비하지 못한 여성은 진정한 사랑도, 진정한 행복도 기대할 수가 없다. 지적인 여성이 된다는 것은 곧 내적인 부드러움과 외적인 아름다움을 함께 소유한 사랑스럽고 우아한 여성이 되는 것을 말한다.

진정 아름다워지고 싶거든 먼저 지성을 갖추어라. 외모는 첫인상에 영향을 줄 수는 있지만 인생에서 마지막까지 힘이 되어 주지는 못한다. 미모와는 상관없이 자주 만나다 보면 상대의 외모뿐만 아니라 내면을 들여다보게 되고, 그 사람의 가치관이 관심사가 되기 때문이다. 진실로 사랑받는 여성이 되고 싶거든 지적인 여성이 되라. 지성은 당신의 삶을 보다 아름답고 풍요롭게 해준다.

사랑받는 여성들의 7가지 비결

첫째, 표정이 언제나 밝다. 그런 여성에겐 자신감이 넘쳐 보이고, 다가오는 사람들이 많아진다. 어떤 일을 하든 성공할 것 같은 이미지를 풍기므로, 도움과 지원이 많아지는 것이다.

둘째, 목소리가 생기발랄하고 애교가 넘친다. 만나보지 못한 상태에서도 전화 목소리만으로도 호감을 주고, 상대방으로 하여금 만나보고 싶은 마음을 이끌어낸다.

셋째, 자기가 맡은 일에 전문성을 가지고 임한다. 어려운 일이 닥치더라도 여자라는 핑계로 떠넘기려 하지 않는다. 부드러운 설득력으로 주변의 지원을 받아낼 줄 알고 끝까지 정성스럽게 최선의 노력을 다 한다.

넷째, 대인관계가 원만하다. 개인적으로나 업무상으로 절대로 적을 만들지 않는다. 언제나 동원할 수 있는 응원군을 대기시켜 놓는다. 그리고 남자들에게 항상 얻어먹지 않고 가끔씩은 당당하게 돈을 쓸 줄도 안다.

다섯째, 고마워할 줄 안다. 자신에게 도움을 주는 사람뿐만 아니라 경쟁 상대와의 관계에서도 이같은 자세를 취한다. '나 외의 모든 사람은 고객이다.' 라는 말에 공감하고 상대방이 있기 때문에 자신이 존재하고 발전할 수 있음에 감사한다.

여섯째, 상대의 고통과 고민을 감싸주고 이해한다. 누구나 자신의 고통을 하소연하기는 쉬워도 상대방의 어려움을 이해하기는 쉽지 않은 법이다. 들어 준다는 것은 내 편으로 만들고 있다는 증거이다.

일곱째, 다정하고 따뜻하나 헤프지 않다. 포용과 절제가 무엇인지를 안다.

모두로부터 선망받고 사랑받는 여성이 되라

인생에서 어려움에 처하거나 낙심할 때, 당신은 감정이 격해진 나머지 이성을 잃고 자신의 인생을 아무렇게나 내팽개쳐 버리지는 않는가?

인생이란 단지 사랑과 아름다운 꽃들과 우정과 찬란한 즐거움만으로 가득차 있는 것이라고 생각하는 젊은이들은 역경에 처하면 쉽게 받아들이지 못한다. 그들은 이런 불쾌한 일을 당하리라고는 상상도 못했다는 듯 고통을 피하려고 애쓰며 심지어는 술이나 마약에 빠져들기도 한다.

괴롭고 고통스러운 일들은 언제나 당신을 공격할 준비를 갖추고 복병처럼 숨어 있다. 그래서 때때로 당신을 공격하고 앞으로도 그러할 것이다.

그러나 우리 인간에게는 고통과 상처, 그리고 좌절감을 받아들이고 이겨낼 수 있는 거대한 힘이 잠재되어 있다. 그렇기 때문에 땅 속에 숨어 하루나 이틀 혹은 일주일이라도 지낼 수가 있다. 또한 그렇게 숨어서도 보통 때처럼 신경을 곤두세우지 않아도 되는 편안한 날들을 보낼 수가 있다. 그러나 언제까지나 그렇게 숨어 지낼 수는 없다. 그곳에 있으면 당신이 좋아하는 사람을 만날 수도 없을 뿐더러 당신을 만나기 위해서는 그곳까지 찾아가야만 할 것이다.

당신은 어려운 일에 부딪힐 때마다 숨어 버리는 약자가 아닌 진정한 승자가 되기를 바란다.

다음은 당신의 성공적인 인생을 위해 꼭 해주고 싶은 말이다.

첫째, 일상생활 속에서 변화와 경이로움을 찾아라. 그것이 행복의 비결이다. 당신은 여름 휴가 때 강물에 띄워놓은 뗏목 위에서 최고의 즐거움을 맛볼 수 있다. 그러나 그 즐거움은 영원할 수 없다. 다시 일상 속으로 돌아오지 않으면 안 되기 때문이다. 하지만 1년 후 당신은 다시 여름 휴가를 맞아 뗏목 위에 누운 채 일광욕을 즐길 수 있을 것이다.

둘째, 자기와 아주 가까운 사람들, 즉 가족이나 친지 또는 몇몇 친구만을 사랑하는 사람은 아직 진정한 사랑을 터득하지 못한 사람이다. 진정한 사랑은 그러한 좁은 울타리를 뛰어넘는 곳에 있다.

셋째, 증오심 때문에 당신 자신을 진흙탕물 속으로 던져넣지 말라. 그것은 당신에게 도리어 해가 될 뿐이다. 증오심을 전혀 갖지 않는다는 것은 어렵겠지만 절제할 수는 있을 것이다.

넷째, 행복하게 살아가는 부부들도 대부분 결혼 생활에서 크고작은 불만이 있기 마련이다. 그들은 단지 참고 견디며 살고 있는 것이다.

다섯째, 당신이 하고자 하는 일을 성취하기에 시간은 충분하다. 당신이 소중하게 아끼기만 한다면…….

여섯째, 당신이 상대방에게 어떤 동기를 유발시켜 주지 않는다면 당신은 결국 아무것도 기대할 수 없다. 편지를 보낸 사람만이 답장을 받을 수 있다.

일곱째, 음식을 좀 과식한다든가 술, 담배를 약간 한다고 해서 사람의 몸이 그렇게 쉽게 병들지는 않는다. 건강하려는 강한 의지만 가지고 있어도 잔병치레 없이 건강한 사람이 될 것이다.

여덟째, 마음에 드는 일을 갖는다는 것은 마음에 드는 사람과 사랑하는 일 못지 않게 중요하다.

아홉째, 충고할 때는 칭찬과 함께 하라. 격려 없는 충고는 자칫하면 비난이 되기 쉽다.

열째, 당신은 대화를 아주 재미있게 이끌어나가고 있다고 믿겠지만, 사실은 그 반대일 수도 있다.

열한째, 간접적으로 누군가를 헐뜯지 말라. 충고는 직접 해야 한다.

열둘째, 바른 자세와 충분한 운동만이 노후의 당신에게 우아함을 보장해 준다.

열셋째, 체중을 줄이는 유일한 길은 이제까지 먹어온 양보다 적게 먹는 것이다.

열넷째, 비록 지금은 당신의 생명이 다할 때까지 한 남자 이외에는 어느 누구도 사랑하지 않을 것 같지만, 지금과 똑같은 심정으로 다른 남성을 사랑하게 될 가능성은 언제나 있다.

열다섯째, 무슨 일이든 15분 일찍 준비하라.

누군가가 말했다.

"많은 사람이 걸어간 길로는 가지 말라. 거의 지워져 흔적만 남아 있는 길을 따라가라."

당신도 그렇게 하기를 바란다. 남들로부터 선망받는 사람이 된다는 것은 안일과 평범함과의 끝없는 투쟁 끝에 얻어지는 것이다.

우아한 여성이 되라. 모두로부터 선망받고 사랑받는 여성이 되라. 모든 것은 당신에게 달려 있다. 앞으로 나아가라.

자신을 사랑하고 관리하는 능력을 길러라

성공이란 원하는 바, 즉 목표를 이루는 것이고, 목표는 꿈과 같다. 성공하는 사람이 되기 위해, 다시 말해 목표와 꿈을 이룰 수 있기 위해서는 무엇보다 자신을 사랑하고 관리하는 능력이 있어야 한다. 목표의식이 없거나 의지가 약하면 성공은 뜬구름을 잡는 것과 같다. 자기가 지닌 에너지의 전부를 쏟아부을 수 있을 정도의 열정과 끈기를 가져야만 성공의 가지를 움켜쥘 수 있다. 특히 성공은 혼자서 노력한다고 되는 것이 아니라 다른 사람과의 관계 속에서 이뤄지는 것이다. 긍정적인 마인드로 항상 자신을 채찍질하며 변화와 발전을 요구할 수 있어야 한다.

충고해 주는 사람을 고맙게 생각하라

사람은 누구나 자신도 모르는 단점을 가지고 있다. '등잔 밑이 어둡다.' 는 말처럼 자기 자신에 대해서는 정확히 알지 못하는 면이 많은 법이다.

당신이 원만한 인간 관계를 유지하며 즐거운 인생을 보내기 위해서는 당신 자신이 어떤 사람인가를 정확히 파악할 필요가 있다.

누구나 자기 자신을 볼 때는 좋은 점을 더 많이 보는 반면, 타인을 볼 때는 나쁜 면을 더 잘 보는 경향이 있다.

당신은 어떤가? 당신 자신은 장점이라고 생각하는 점을 타인은 단점으로 생각하는 것은 없는가?

당신은 자신도 모르는 나쁜 면을 가지고 있을 것이다. 당신뿐만 아니라 거의 모든 사람들은 자신이 미처 깨닫지 못한 나쁜 면을 가지고 있다. 이것을 발견하고 깨닫게 될 때 인간은 비로소 성숙해지는 것이다.

그러므로 당신은 자신이 깨닫지 못하는 나쁜 면을 지적해 주는 사람,

다시 말해 충고해 주는 사람을 고맙게 생각해야 한다. 만일 당신 주위에 그런 사람이 없다면 당신의 성장은 한결 더딜 수밖에 없다. 나쁜 면을 지적해 주고 꾸짖어 주는 사람이 없다는 것은 당신이 바로 '고독한 사람' 이라는 증거이기도 하다.

심리적으로 볼 때, 인간은 대개 자기가 싫어하는 사람이나 경쟁자가 잘못되는 것을 잠자코 바라보고만 있다. 이것은 관계하고 싶지도 않지만, 싫은 소리를 하여 더 이상 미움받고 싶지 않기 때문이기도 할 것이다. 어쩌면 잘못되기를 오히려 더 바라고 있을 수도 있다. 결국 잠자코 있다는 것은 애정이 없다는 증거이다.

만약 당신의 잘못에 대해 질책하는 사람이 있다면, 그것은 그가 당신에게 깊은 관심을 가지고 있다는 증거라고 생각하라. 관심을 갖는다는 것은 애정과 사랑의 표현이다. 애정 없는 관심이란 있을 수 없기 때문이다.

직장에서 상사와 부하 직원과의 관계를 살펴보면 그것을 더 잘 알 수 있다. 상사는 일단 '이 사람은 무슨 말을 해도 소용없다.' 고 체념해 버리면 더 이상 부하 직원을 나무라지 않는다. 그러므로 꾸짖어 주는 사람, 애정을 가지고 지켜보는 사람을 갖는다는 것은 인생에서 그만큼 도움이 된다.

사람은 역시 여러 사람과 부딪치면서 성숙한다. 당신의 나쁜 점을 재빨리 지적해 주는 사람이 곁에 있다는 것은 큰 행운이 아닐 수 없다. 그러므로 당신이 어떤 잘못을 지적받았을 때는 가능한한 빨리 충고를 받아들여 변신을 시도하라. 세상을 바꾸는 유일한 방법은 자신이 먼저 바뀌는 일이다.

자신의 단점으로부터 탈출을 시도할 때 당신은 충고라는 밑거름으로부터 자양분을 공급받으며 행복을 향해 빠른 성장을 계속할 것이다.

좋은 선택을 위한 일곱 걸음

첫걸음 : 마음을 열고 다른 사람의 말에 귀 기울일 줄 알아야 한다.

둘째 걸음 : 다른 사람의 말에서 진실한 의미를 찾을 줄 알아야 한다.

셋째 걸음 : 자신의 내면에서 들려오는 소리를 크고 정직하게 들어야 한다.

넷째 걸음 : 환경은 고정된 것이 아니라 변할 수 있다는 생각으로 멀리 보아야 한다.

다섯째 걸음 : 이상과 현실을 구분할 줄 알아야 한다.

여섯째 걸음 : 편함보다는 고생을, 물질보다는 마음을, 과거보다는 미래를,
상대적 가치보다는 절대적 가치를 택해야 한다.

일곱째 걸음 : 중요한 선택일수록 충분한 시간이 필요하다.

마음 속에 새겨두고 싶은 한마디

나는 인생 속의 네 가지 금언을 익혔다.
남을 해롭게 하는 말은 결코 하지 말라.
아무도 받아들이지 않는 충고는 하지 말라.
불평하지 말라. 설명하지 말라.

— R. F. 스콧

Chapter 2

매력적인 아름다움을 찾는 비결

chapter 2

아름다움이란 자기 스스로 창조해가는 것이다

내적 · 외적인 아름다움이 조화를 이루게하라

당신은 여성이기에 앞서 독립된 한 인격체이다

항상 자신을 가꾸며 변화를 시도하라

거절해야 할 때는 단호하게 'NO' 라고 말하라

인생이란 아름다움의 상실이 아닌 축적과정이다

거짓말은 자신감이 없는 데서 비롯된다

지적인 여성에게 지나친 허영이란 있을 수 없다

매력적인 말씨로 상대의 마음을 이끌어내라

기쁨이 넘치는 표정은 아름다움을 돋보이게한다

부드러운 미소야말로 최고의 값진 선물이다

아름다움이란 자기 스스로 창조해 가는 것이다

오늘날 여성들은 아름다움에 대해 큰 관심을 가지고 있다. 그래서 화장품이나 미용 관련 사업이 날로 번창하고 있다. 젊은 여성이 아름다움을 추구하고 관심을 갖는 것은 지극히 당연한 일이다. 아름다워지고 싶은 욕망이 없는 여성은 없기 때문이다.

그러나 여성들이 아름다움에 대해 그토록 큰 관심과 기대를 갖고 있으면서도 정작 그 아름다움이 어디에서 오는 것이며, 또 그 본질이 무엇인가에 대해서는 생각하지 않는 것 같다.

인간의 아름다움은 개성에 있다는 사실을 깨닫는 사람이 얼마나 될까? 대부분의 여성들은 그 개성을 가꾸어 나가거나 찾아내기보다는 아름다움을 하나의 유행처럼 생각하고 있는 것 같다. 뿐만 아니라 아름다움은 주어진 것이 전부가 아니고 스스로 가꾸어야 한다는 사실을 깨닫지 못하는 여성들이 참으로 많다. 어머니가 나를 예쁘게 낳아 주셨으면 좋았을 거라는 생각은 누구나 할 수 있다. 그러나 더욱 중요한 것은 아름다움이란 스스로 창조해 가는 것이라는 보다 적극적인 사고이다.

아름다움이란 당신의 생활과 더불어 성장해 가는 것이다. 말과 행동이 아름다워지고, 걸음걸이와 표정이 아름다워지며, 대인관계에서 교양이 높아지지 않으면 어떻게 아름다움을 유지하고 발전시켜 나갈 수 있겠는가?

동서고금을 막론하고 여성들은 매력적인 여성이 되기 위하여 애쓰고 있다. 그런데 미혼 여성에게는 미혼 여성으로서의 아름다움과 매력이 있고, 아내에게는 아내로서, 어머니에게는 어머니로서의 아름다움이 있는 법이다. 당신이 만일 이 논리를 거부한다면 여성스러움이나 매력과는 거리가 먼 여성으로 살아가게 될지도 모른다. 적어도 여성에게 있어서의 매력이란 바로 아름다움 그 자체이기 때문이다. 매력이 없는 여성에게 있어서 아름다움이란 상상조차 할 수 없는 것이다.

매력적인 여성이 되는 7가지 방법

1. 아침에 일어나면 그날의 계획을 세워라.
2. 외모를 단정하게 가꾸어라.
3. 망설였던 일을 자신있게 시도하라.
4. 하루 20분씩이라도 좋은 책을 읽어라.
5. 가장 미워하는 사람을 위해 기도하라.
6. 남과 대화할 때는 상대의 눈을 바라보고 경청하라.
7. 실수했을 때 남에게 사과할 줄 알고 자신에게는 웃을 줄 아는 여유를 가져라.

내적 · 외적인 아름다움이 조화를 이루게 하라

아름다워지고 싶은 욕망은 이 세상 모든 여성들의 공통적인 소망이다. 남보다 좀더 예뻐 보이고 싶고 남보다 좀더 품위있는 여성으로서 뭇 남성의 시선을 끌고 싶은 욕망은 아담을 만난 이브에게서부터 유전된 인간의 본능이 아닐까?

그러나 세상 모든 여성들은 제각기 다른 모습을 가지고 있고, 또한 생각과 취향, 분위기도 각각 다르다. 그래서 이를 대하는 남성도 여성 개개인에 따라 각기 다른 이미지로 바라보는 것이다.

어떤 의미에서 아름다움의 원천은 여성이라고 할 수 있다. 그만큼 여성과 아름다움은 동질성을 갖고 있다.

그러나 모든 여성이 저마다 똑같은 모습을 하고 있지는 않다. 만일 세상 모든 여성들이 똑같은 모습을 하고 있다면 미인 선발대회 같은 것은 아예 없었을 것이다. 저마다 가지고 있는 아름다움의 정도가 다르고, 이를 바라보는 상대의 평가도 다르기 때문에 보다 고귀한 원래의 아름다움에 다가서기 위한 평가를 시도하는 것이다.

따라서 모든 여성들은 아름다움을 추구함으로써 오래도록 매력을 유지하기 위해 필사적으로 노력하고 있다. 이제 그것은 곧 여성의 생활이며, 자기 보호를 위한 자연 법칙이요, 나아가서는 행복을 찾기 위한 영원한 탐구라고 할 수 있다.

그래서 여성은 항상 아름다움을 추구하면서 삶의 보람과 기쁨을 느낀다. 아름다움을 추구하지 않는 여성을 누가 좋아하겠는가? 여성이 아름다움을 상실할 때 그녀는 이미 생존경쟁의 패배자일 뿐이다. 이러한 비극의 주인공이 되지 않기 위하여 여성들은 갖은 방법을 다하여 아름다움을 추구하며 눈물겨운 투쟁을 계속하고 있다.

그러나 많은 여성들이 아름다움을 추구하면서도 진정한 아름다움이 무엇인지를 모르고 있다. 내적인 성숙 없이 쌍꺼풀 수술을 하고, 값비싼 옷을 입고, 화려한 액세서리로 겉치장을 하여 만들어지는 아름다움은 겉모습만 보기 좋게 위장한 포장일 뿐이다.

물론 값비싼 옷과 희귀한 액세서리가 아름다움을 보조하는 수단이 될 수는 있다. 밋밋하고 작은 눈보다는 쌍꺼풀이 있는 눈이 더 아름답게 보일 수도 있다. 그러나 그것은 한낱 일시적인 아름다움에 불과하다. 그런 것에서 아름다움을 찾고자 한다면, 당신은 끊임없이 새로운 아름다움을 찾아 방황해야 할 것이다. 당신은 처음에 값비싼 옷에서부터 액세서리로, 쌍꺼풀 수술로, 그리고 코를 높이는 성형 수술로…… 아름다움에 대한 욕망을 충족시키기 위해 점점 더 큰 자극을 찾아야 할 것이다. 그러나 당신은 결국 당신의 욕망 앞에 패배하지 않을 수 없을 것이다. 외적인 형상에서만 아름다움을 추구하는 당신의 욕망을 당신의 얼굴 형태나 신체적 여러 요소가 원하는 만큼 충족시켜 주지 못하기 때문이다.

그러므로 아름다움이란 외적인 것에만 국한시켜서는 안 된다. 인간은 영적인 동물이다. 따라서 인간은 내면적인 아름다움과 외면적인 아름다움을 동시에 지니고 있다. 제아무리 외면적인 아름다움이 그 높이와 넓이를 더해간다 하더라도 내면적인 아름다움이 주는 깊이를 따라갈 수는 없다.

당신이 진실로 아름다운 여성이 되고 싶다면, 진정한 아름다움이 무엇인지를 알아야 한다. 아름다움의 진가를 알아야만 비로소 보다 품위 있는 아름다움을 소유할 수 있다. 내면적 아름다움과 외면적 아름다움이 극적인 조화를 이룰 때 당신은 진실로 아름다운 여성이 될 수 있다.

행복은 비교의 대상이 아니다

사람들은 행복을 비교의 개념으로 착각하는 경우가 많다. 남보다 가진 것이 많아서, 남보다 명예를 얻어서, 남보다 권력을 쥐고 있어서 행복하다고 생각한다. 또한 남보다 뛰어난 지식이나 미모로 행복할 수 있다고 생각한다.

그러나 행복은 비교의 개념이 아니라 조화의 개념이다. 가진 것을 남과 함께 나누고 더불어 살며, 모든 사람이 조화롭게 살게 될 때 진정한 행복이 찾아온다.

당신은 여성이기에 앞서 독립된 한 인격체이다

태초에 조물주가 이 세상을 처음 만들었을 때 산과 들, 나무와 풀, 온갖 짐승들을 만든 다음에 인간을 만들었다. 먼저 아담이라는 남자를 만들고, 마지막으로 이브라는 여자를 만들어냈다.

인간의 생성 과정을 굳이 종교적·신화적으로 따지지 않더라도 산천초목과 온갖 짐승이 생겨난 이후에 마지막으로 이 지구상에 나타난 동물이 바로 인간이라는 사실은 의심할 여지가 없다.

따라서 날아다니는 새, 네 발 달린 짐승, 온몸으로 기어다니는 파충류 등 온갖 동물들을 수없이 만들어낸 이후에 조물주는 우리 인간의 모습을 생각해냈을 것이다. 신화적·종교적 측면에서 생각할 때 마땅히 짝을 지어 주되 창조된 우주 안에서 가장 뛰어나고 장래성 있는 것, 가장 번성해야 할 것을 고안한 끝에 결국 조물주 자신과 유사한 동물로 고려해서 만든 것이 사람일 것이다.

그렇다면 영혼의 계승자로서 적어도 수천, 수만 세대를 이어오고 이어가면서 우주의 모든 것을 탐구해 내고 이용하며 스스로 번영 · 발전해 가도록 운명지어진 유일한 동물이 인간인데, 어찌 그 아름다움을 외면할 수 있겠는가.

우리 인간의 최초 조상은 비록 아담이라는 남성이었다 하더라도 신이 창조해낸 후 인간으로서의 조건이 갖추어진 진정한 의미에서의 첫 아들이자 우리 조상 남자는 이브라는 어머니가 낳은 것이 아닌가.

이런 역사를 놓고 이 사실을 부정할 사람은 없을 것이다. 그러므로 여성은 아름다워야 하고 또한 아름다운 존재임에 틀림없다.

하지만 인간의 아름다움이 다른 동물과는 엄연히 구별되어야 한다는 데 그 의미와 가치가 있다. 제아무리 화려한 빛깔과 신비한 모습을 타고난 조류나 짐승들일지라도 그들이 타고난 고유의 빛깔과 날개, 털 등의 겉모습은 자연을 떠나 임의로 바꿀 수가 없다. 말하자면 짐승들은 초목과 다를 바가 없는 것이다. 그들은 몇 세기를 거듭해도 그 모습 그대로이며, 언제까지나 원시 시대를 면하지 못한다.

그러나 인간은 다르다. 인간은 세기를 거듭할수록 발전의 단계도 높아지고 있다. 그 발전 속에는 물론 아름다움의 발전도 포함되어 있다.

인간 관계도 마찬가지다. 아름다움이란 원래 상대적인 것이다. 바라보아 줄 상대가 없는 아름다움은 무가치한 것이며, 대상이 없는 아름다움의 추구는 한낱 허상에 불과할 뿐이다. 다행히도 인간은 조물주의 형상뿐만 아니라 그 영혼까지도 이어받았다.

그리하여 인간은 서로의 영감을 교환하면서 삶의 무대를 함께 꾸미고 인생을 같이 연출해 나가는 것이다. 이 지구상에서 가장 아름다운 형상으로 태어난 조물주의 최고 걸작품이 바로 여성이다. 따라서 아름다움을 추구하는 당신 역시 여성이라는 사실에 대해 자부심을 가져야 할 것이다.

또 한 가지 중요한 것은 당신은 아름다운 여성이기에 앞서 하나의 독립된 인격체임을 잊어서는 안 된다. 오랫동안 여성이 남성들과 동등하게 대우받지 못했던 사회적 편견을 과감히 깨고 여성의 역할을 능숙하게 처리해 나갈 때 비로소 당신은 유능한 사회인으로서의 자기 위치를 당당히 확보할 수 있다.

꿈을 이루는 8가지 법칙

1. '나도 할 수 있다' 는 생각으로 새롭게 시작하라. 당신에게는 무궁무진한 잠재력이 있음을 잊어서는 안 된다. 자신에게 주어진 잠재력의 5%만 사용해도 천재가 된다.
2. 목표를 마음의 소원과 일치시켜라. 막연한 욕망은 소원이 아니다.
3. 부정적인 생각을 버려라. '나는 안 돼' '할 수 없어' 하는 마음의 소리가 들려오거든 '지금까지의 나는 무능했지만 이제는 달라져 새로운 사람이 되었다' 고 응답하라.
4. 긍정적인 말을 매일 반복하라. '난 성공할 수 있어.' 말은 힘과 용기를 더하는 영양소이다.
5. 대가를 지불하라. 진정한 성공은 땀과 수고를 통해서만 완성된다. 심는 대로 거두는 법이다.
6. 어려움이 닥쳐도 낙심하거나 포기하지 말라. 칠전팔기의 정신으로 용기와 신념을 가져라.
7. 모든 일에 감사하라. 실패는 실패로 끝나는 것이 아니라 성공의 밑거름이 되는 법이다.
8. 큰 꿈을 가져라. 꿈꾸는 데는 수고도 돈도 필요하지 않다.

항상 자신을 가꾸며 변화를 시도하라

대부분의 여성들은 결혼 전 혹은 연애 시절에는 자신의 외모에 많은 신경을 쓴다. 그러나 일단 결혼을 하거나 상대에 대한 사랑에 확신이 생기면 자신을 가꾸는 일에 소홀해진다. 그 이유를 물어보면 대부분 '여유가 없어서' 라고 변명하지만, 그 내면을 들여다보면 '한 사람에게만 잘 보이면 되는데 편하게 살면 그만이지 뭐.' 하는 안일함이 내재되어 있다.

내 사람이라는 편안함에 안주해 버리는 것, 그것이 과연 현명한 태도일까? 당신의 남편 혹은 연인의 생각은 아마도 다를 것이다. 누구나 자신의 파트너는 적어도 시대에 뒤떨어지지 않는 여성이기를 원한다. 때문에 우아한 모습으로, 때로는 상큼한 모습으로 언제나 자신 곁에 있어주기를 기대할 것이다. 즉, 그들은 당신에게서 톡톡 튀는 생동감을 맛보고 싶어한다.

이런 욕망은 남성으로서 당연한 것인지도 모른다. 그것은 마치 여성들이 결혼을 하고 나면 남성에게 가장으로서의 책임감을 기대하는 것과 같다고나 할까.

특히 남성들은 사회 생활을 하면서 젊고 발랄한 여성들을 늘 대하게 되므로 은연중에 자신의 파트너와 비교하게 된다. 따라서 깔끔하지 못하거나 흐트러져 있는 모습을 보면 자신도 모르게 짜증스러워질 것이다. 그러한 남성의 마음을 읽을 줄 모르는 여성이라면 매력적인 여성이 될 만한 자질이 결여되어 있다고 할 수 있다.

어떤 사람과 만나든 상대에게 힘이 되어주는 여성이 되도록 노력하라. '참 괜찮은 여자' 라고 인정받게 될 때 당신을 파트너로 둔 남성을 바라보는 주위의 시각은 달라질 것이다. 물론 여기에서 괜찮은 여자란 외모만을 평가하는 것이어서는 안 된다. 그 사람의 마음 씀씀이나 교양도 외모 못지 않게 중요하기 때문이다.

사랑스런 여성이 되기 위한 노력은 바로 자기 자신을 가꾸어 나가는 데서부터 시작되어야 한다. 현명한 여성들은 매력적인 여성이 되기 위해 끊임없이 변화를 시도한다. 그리고 그들은 흐트러진 외모가 상대의 의욕을 상실시키며 권태를 불러일으키는 요인이 된다는 사실을 잘 알고 있다.

당신이 늘 깨어 있으려고 노력하며 자신을 가꿔나간다면, 경제적인 부담 없이도 얼마든지 매력적인 여성이 될 수 있을 것이다.

거절해야 할 때는 단호하게 'NO'라고 말하라

순종을 여성의 미덕으로 여기던 시대는 지났다. 현대의 지혜로운 여성을 꼽으라고 한다면, 단연 개성과 주관이 뚜렷한 여성이 으뜸일 것이다. 그러나 지금도 단순히 '남들이 하니까' 혹은 '상대가 그렇게 하기를 원하기 때문에' 자신의 생각대로 실행하지 못하는 소신 없는 여성들이 많다. 그들은 남을 뒤쫓아갈 수 있을지는 모르지만 결코 앞서가는 여성은 되지 못할 것이다.

특히 남녀간에 있어서 자신의 생각과는 상관없이 상대가 원하는 것을 거절하지 못해 망설이다가 자신의 운명을 잘못 결정하는 과오를 범하는 경우가 있다. 그보다 어리석은 일이 또 있을까?

현대를 살아가는 엘리트 여성이라면 적어도 옳지 못하다고 판단될 때는 확실하게 'NO'라고 말할 수 있는 용기가 필요하다. 자신의 생각을 상대에게 뚜렷이 밝힐 수 있는 주관이 확립되어 있어야만 상대를 내 영역으로 끌어들일 수 있다.

그러나 상대의 의견에 동조하기는 쉽지만 제의를 거절하는 일은 생각처럼 쉽지 않다. 때로는 상대방의 배려에 대응하지 못함으로써 본의 아니게 상처를 입히거나 야속한 마음을 심어줄 수도 있다. 그 때문에 당연히 해야 할 일을 했음에도 불구하고, 거절하고 나서는 개운한 마음보다 '차라리 받아줄 걸.' 하는 언짢은 마음이 남아 오래도록 신경쓰이기도 한다.

그러나 분명한 사실은 옳은 일이 아님을 알면서도 상대의 기분을 맞추기 위해 애교를 부리는 여성보다는 자신의 생각을 당당하게 표현할 수 있는 소신 있는 여성이 훨씬 현명하다는 사실이다.

여성들이여! 상대방이 한순간 섭섭하게 생각하더라도 거절해야 할 때는 단호하게 거절할 줄 아는 용기를 가져라. 대개의 남성들은 자신의 제의가 거절당하면 화를 낸다. 그러나 두 사람 사이에서 정말 중요한 문제는 그로 인해 달라지지 않는다.

인간 관계란 한마디로 잘라 표현할 수 없을 만큼 오묘한 것으로, 쉽게 풀리지 않는 일에는 긴장하기 마련이다. 그러므로 상대에게 상처가 되지 않도록 거절하는 방법을 터득해 둔다면 오히려 당신에 대한 새로운 시각이 싹트게 될 것이다.

인생이란 아름다움의 상실이 아닌 축적 과정이다

동서고금을 막론하고 아름다워지고자 하는 여성의 심리는 똑같다. 경제 수준이 향상되고 문화가 발달할수록 여성의 아름다움에 대한 욕구는 증가하고, 그에 쏟는 노력과 정성도 더 커질 것이다.

여성들은 유행에 민감할 뿐만 아니라 자신의 개성을 살려 최고의 아름다움을 소유하기를 갈망한다. 그런데 아름다워지려는 욕구, 아름답게 보이려는 심리는 자칫 분에 넘치는 사치와 허영으로 치닫기 쉽고, 그 한계에 부딪혔을 때는 심한 좌절감을 맛보게 된다.

그러므로 우리는 아름다움에 대해서 좀더 편안한 마음으로 생각할 수 있어야 한다. 그것은 아무리 심각한 문제로 생각한다 해도 변하는 것은 없기 때문이다.

무엇이든 꼭 있어야 할 곳에 있음으로써 제 가치를 다하게 될 때 아름다움을 느끼는 것이다. 어떤 사물이 그 나름대로의 균형을 이루어 한 세계를 이루고 있다면 그것으로써 충분히 아름답다.

사람은 누구에게나 그 얼굴과 재능에 어울리는 각각의 모습이 있다. 그것을 무시할 때 그는 이미 스스로의 가치를 떨어뜨리게 되는 것이다.

신이 인간에게 자신이 원하는 용모를 갖도록 허락하지 않은 것은 미모가 뛰어난 사람과 그렇지 못한 사람과의 차이를 즐기기 위해서는 아니었을 것이다. 그러므로 우리는 어떠한 모습이 자신에게 가장 자연스러운가를 파악하고, 그 기준을 벗어나지 않도록 해야 한다. 가능한한 주어진 바탕을 출발점으로 하여 저마다 자신의 개성적인 아름다움을 가꾸어 나가는 것이 바람직한 자세이다. 이것이 아름다움의 세계를 올바로 이해하는 것이다.

미국의 시인 월트 휘트먼은 이렇게 말했다.

"젊은 여성은 아름답다. 그러나 늙은 여인은 더욱 아름답다."

인생이란 아름다움의 상실이 아닌, 아름다움의 축적 과정이다. 꽃이 피고 열매가 맺어 과일이 익어가듯이, 여성미는 끊임없는 아름다움의 축적 과정을 통하여 완성되는 것이다.

마음 속에 새겨두고 싶은 한마디

여자는 마치 꽃과도 같다. 양귀비같이 요염한 여자는 싫증이 나도, 모란꽃처럼 아름답고 마음이 너그러운 여자는 절대로 싫증이 나는 일이 없다.

— 몽테뉴

거짓말은 자신감이 없는 데서 비롯된다

우리는 세상을 살아가면서 얼마나 많은 거짓말을 하며 자신의 감정을 과장하고 있는가? 거짓말을 하게 되는 심리와 자신을 위장하는 심리에 대해 생각해 보는 것도 재미있을 것 같다.

거짓말의 종류는 크게 두 가지의 유형으로 나눌 수 있다. 자기의 이익을 위해 남을 속이거나 남을 빙자해서 위기를 모면하는 악의적인 거짓말과, 남을 기쁘게 하기 위해 자신의 감정을 속이는 선의적인 거짓말이 그것이다.

전자의 경우는 악의적인 요소가 다분하기 때문에 양심의 가책을 느끼게 되지만, 후자의 경우는 아무런 죄책감 없이 일상생활 가운데 자연스럽게 하는 것이다.

또한 자기의 기분을 과장해서 상대를 칭찬하는 것이 상대를 위하는 길이라고 생각하거나 원만한 인간 관계를 위한 필요악쯤으로 받아들이는 경우도 있다. 그러나 결코 그렇지만은 않다.

흔한 예로, 상대가 새 옷을 입고 자기 앞에 나타났을 때 설사 썩 잘 아울리지 않아 보이더라도 예의상 '예쁘다' 혹은 '정말 잘 어울린다'고 표현하는 경우가 많다. 그것은 일상생활 속에서 자주 쓰는 용어를 보더라도 잘 나타나 있다. '너무너무 고맙다', '너무너무 예쁘다' 등 단지 상대의 기분을 맞추기 위해 필요 이상으로 과장하거나, 진심을 올바로 전하지 못한다면 상대를 조롱하는 결과밖에 안 될 것이다. 이러한 거짓말을 하는 사람의 심리를 파악해 보면 대부분 마음이 매우 약하거나 자신감이 없는 데서 비롯된다.

그러나 대부분의 남자들의 거짓말은 자신이 성실하지 못한 데서 비롯되는 경우가 많다. 즉, 자신의 불성실로 인해 상대에게 실망을 안겨주게 되었을 때나 일을 저지른 뒤에 그것을 감추기 위해 필사적으로 거짓말을 하는 경우이다.

비슷한 예로, 어떤 여성과 데이트를 즐기다 자신의 아내나 연인에게 들키게 되었을 때 '일 관계로 만났을 뿐이다.' 라든가 '친구녀석의 애인인데 그 친구에게 문제가 생겨서……' 등 자신의 잘못을 변명하기 위해 거짓말에 거짓말을 늘어놓는 것이다.

그에 비해 여성의 거짓말은 허영심에서 비롯되는 경우가 많다. 즉, 돋보이고자 하는 심리라든가 자신을 어떻게든 정당화시켜 보려는 욕망 때문인 경우가 대부분이다.

때문에 대부분의 여성들은 연인으로부터 애타게 기다리던 사랑을 고백받거나 청혼을 받더라도 애써 기쁨을 감추려 든다. 그것은 너무 기뻐하는 자신의 모습을 보이면 자존심이 깎이지 않을까 하는 염려 때문이다.

이렇듯 거짓말은 남을 속이는 것이든, 자신의 감정을 속이는 것이든 자기 자신에 대한 자신감이 없기 때문에 시작되는 것이다. 그러므로 남자건 여자건 자신의 마음 속에 확고한 주관이 있다면, 자신의 감정을 속이면서 또는 남을 해치면서까지 거짓말을 할 필요는 없을 것이다.

자신감을 키우는 4가지 방법

1. 가야 할 목적지를 정하라. 목적지도 없이 무작정 달려가는 것은 인생 낭비요, 에너지 낭비일 뿐이다. 목표 없는 실천은 결국 상실감과 허무, 나태 등을 안겨준다. 확고한 목표는 언젠가는 꼭 이뤄내겠다는 자신감과 실천으로 이어진다.
2. 목적지에 빨리 갈 수 있는 방법을 찾아라. 목표를 달성하기 위해 철저히 준비할 필요가 있다. 저 목표를 향해 어떻게 하면 빨리 갈 수 있을까에 대해 늘 고민하고 그 해결책을 찾기 위해 노력한다면 자신감은 자연스럽게 생겨난다.
3. 많은 경험을 통해 스스로를 단련시켜라. 실패를 경험삼아 성공의 길을 찾는 과정에서 자신감은 단련되고 더욱 커진다. 남들이 경험해보지 못했던 일을 경험했으므로 이미 전문가가 되어 있고, 어떻게 하면 실패하지 않을지에 대해 누구보다 잘 알게 된다.
4. 포기와 두려움을 멀리하라. 자신감은 수많은 실패의 경험들 속에서 더욱 빛을 발하는데, 실패가 거듭되다 보면 두렵고 포기하고 싶어진다. 그러나 인생에는 늘 고비가 있으며, 오르막이 있으면 내리막이 있는 법이다. 두렵고 포기하고 싶은 오르막에서 주저앉기보다는 곧 시원하게 펼쳐질 내리막길을 생각하며 이겨내자. 남들보다 더 큰 성공을 이뤄내는 진정한 자진감은 더 큰 두려움과 더 큰 실패를 이겨낸 자에게만 주어지는 열매이다.

지적인 여성에게 지나친 허영이란 있을 수 없다

허영이란 겉을 장식하는 것, 겉모습을 꾸미는 것이다. 옛날부터 동서양을 막론하고 여자의 악덕 중 하나가 허영심이라고 일컬어질 만큼 허영은 비판의 대상이었다.

허영은 지나친 겉치레요 과장된 행위이며, 분수에 맞지 않는 사고방식이다. '잘난 체하는 사람치고 온전한 사람 없다.' 는 말이 있다. 없어도 있는 체하고, 모르면서도 아는 체하며, 못나도 잘난 체하는 허영을 두고 하는 말이다.

남성이라고 해서 허영이 없는 것은 아니다. 어떤 의미에서는 남성의 허영이 여성보다 대단하다. 그러나 그것은 권위의식과 지적인 욕망을 높이려는 차원의 허영이 대부분이다.

하지만 여성의 허영심은 다르다. 여성의 허영은 수다에서부터 사치로 이어진다. 끝없이 떠들어대는 말장난에서 시작해 자기 자신만이 이 세상에서 가장 아름답고 가장 비싼 옷을 걸치며 가장 귀한 보석을 간직한 여성으로 둔갑하기도 한다. 이러한 여성의 허영은 남성처럼 말로만 그치는 것이 아니라 행동으로 이어지는 경우가 많다.

집 안에는 아이들에게 신겨줄 만한 양말 한 켤레 변변히 없으면서 자기 자신만은 털목도리에 진주목걸이를 걸고 유행의 첨단을 달린다. 집 안에서는 아이들의 구멍난 양말을 기워 주면서 자신은 화려한 고급 신발만 신고, 값비싼 화장품을 외상으로라도 사야 한다. 이러한 여성일수록 할부로 외상 물건 사기를 좋아하고, 모임에 나가기를 좋아한다.

허영이 넘치는 여성일수록 수다를 좋아한다. 물론 어려운 형편에도 불구하고 외상으로, 때로는 빚으로 장식한 화려한 옷과 보석으로 만든 액세서리를 자랑하려면 수다를 떨 수밖에 없을 것이다.

이렇게 허영심이 많은 여성일수록 대개 이기적이다. 자기 자신만을 최고로 생각하며, 옆사람은 배려할 줄 모르는 경우가 많다. 보다 자상하고 헌신적인 여성이기를 바라는 남성들이 어떻게 이런 여성을 좋아할 수 있겠는가? 지적인 여성에게 지나친 허영이란 있을 수 없다. 자기 분수를 아는 현명한 여성이야말로 진실로 사랑받는 여성이다.

마음 속에 새겨두고 싶은 한마디

눈은 비밀을 분명하게 드러낸다.
아름다운 눈은 침묵을 웅변으로 만들고, 친절한 눈은 반대 의견을 동의하게 만들며, 분노한 눈은 아름다움을 추하게 만든다.

— J. 손더즈

매력적인 말씨로 상대의 마음을 이끌어내라

어떤 일을 해나가는 데 있어서 자기 아이디어를 얼마나 명확하게 발표하여 상대를 움직이느냐 하는 것은 일의 성패를 좌우하는 가장 중요한 요인이다.

매력적인 말씨란 바로 상대방의 마음을 끄는 말을 의미한다. 흔히 '말주변이 좋다.' 고 하는 말솜씨가 아니라, 올바른 생각을 알기 쉽게 전달하는 것을 말한다.

그러면 매력적인 말씨를 구사하기 위해서는 어떻게 해야 할까?

첫째, 고운 목소리로 발음은 정확히, 억양에 주의하여 말하는 습관을 길러라.

말의 속도와 간격을 적당히 하고, 필요없는 말버릇, 예를 들어 '음-' '저기' '저-' '또' 등을 중간에 삽입함으로써 말하는 내용을 복잡하고 지루하게 만드는 것은 삼가야 한다. 좋은 첫인상은 단정한 용모에서 비롯되듯이, 좋은 말의 첫인상은 고운 목소리에서 나타난다. '보기 좋은 떡이 먹기도 좋다.' 는 속담도 있지만, 차분하고 고운 목소리는 언제 들어도 기분좋게 만든다.

둘째, 항상 바른 말, 표준말을 사용하라.

전문적인 단어나 외국어의 사용은 꼭 필요한 경우 이외에는 피하는 게 좋다. 속어나 유행어를 자랑삼아 사용하는 사람이 있는데 이것 역시 삼가야 한다. 의사 전달은 정확히 듣고 이해할 수 있도록 표현하는 데 의의가 있다. 대화의 근본 목적은 의사 전달이지 자기 과시가 아니기 때문이다.

셋째, 말의 순서를 생각해서 간단 명료하게 말하라.

문장을 쓰는 데도 서론, 본론, 결론이 있듯이 말에도 서두가 있고 본론, 결론이 있는 법이다. 이미 한 말을 강조하려고 자꾸 반복해서 말하는 경우가 있는데, 장황한 설명은 듣는 사람으로 하여금 거북하고 지루하게 만들 뿐이다. 항상 말하기 전에 요점이 무엇인가를 미리 생각한 후 간단하고 명확한 어조로 또렷하게 표현하는 게 좋다.

넷째, 말할 때는 겸손하고 진지한 태도를 취하라.

말은 입으로 하는 것이니 태도야 어떻든 상관없다고 생각하는 사람은 없을 것이다. 정중하고 겸손하게 말하려면 몸가짐도 예의를 갖춰야 한다. 경쾌한 기분으로 침착하게 말하되, 듣는 사람의 입장을 고려해 성의있게 말하면서 상대방의 눈을 주시하도록 하라.

흔히 상대방과 얘기를 하면서 손으로 서류를 뒤적인다거나 글씨를 쓰기도 하는데, 그것은 예의에 어긋나는 행동이다. 말하면서 책상에 손을 얹거나 턱을 괴어서도 안 된다. 항상 진지하고 겸손한 자세로 대화에 임한다면 당신은 곧 모든 사람들로부터 신뢰받는 직장 여성이 될 것이다.

성공한 여성들의 10계명

1. 자신에게 하는 투자를 아까워하지 말라. 남편과 자식의 뒷바라지에 수고를 아끼지 않듯, 자신의 건강과 자아실현을 위해서도 시간과 돈을 투자해야 한다.
2. 자신의 적성을 파악하라. 그리고 아주 작은 일이라도 시작하라.
3. 10년은 고생할 각오를 하고 구체적인 계획을 짜라.
4. 자신의 상품 가치를 높여라. 자신을 철저히 객관화시켜 남성보다 5배, 10배의 치열한 노력을 기울여 능력을 쌓아야 한다.
5. 일에 자부심을 가져라. 수입의 많고 적음과 관계없이 일을 즐겨라.
6. 원칙을 좇으면 인생을 얻는다. 무슨 일이든 눈앞의 돈보다는 인생의 긴 안목에서 살펴라.
7. 크고작은 모임에 참여해 다른 사람들이 살아가는 방법에도 귀를 기울여라.
8. 수퍼우먼이 되겠다는 강박관념에서 벗어나라. 지나친 강박관념은 압박감으로 다가와 실패의 지름길이 되기 쉽다.
9. 보수적인 가치관에 얽매이지 말라. 직장 상사와 시부모에게도 'NO!' 라고 말할 수 있는 용기가 필요하다. 순종이 당장은 편하지만 두고두고 족쇄가 된다.
10. 좋은 친구들을 자주 만나라.

기쁨이 넘치는 표정은 아름다움을 돋보이게 한다

표정은 모든 아름다움의 상징이다. 왜냐하면 '표정은 여성의 상징' 이기 때문이다. 물론 표정은 남성의 상징일 수도 있다. 아니, 표정은 모든 존재의 상징이 될 수 있다. 이 세상에 존재하는 모든 것은 표정을 가지고 있기 때문이다. 눈에 보이는 것은 모두 표정을 가지고 있다.

한 송이 국화꽃을 보라. 기나긴 겨울 동안 한파를 견디며 꿋꿋하게 살아남아 생명을 꽃으로 승화시키는 그 자태는 얼마나 거룩하고 숙명적인가. 숲을 가로질러 뛰어가는 한 마리의 노루를 보라. 얼마나 평화롭고 역동적이며, 얼마나 자연적인가.

추운 겨울날 흩날리는 눈송이를 말없이 받아들이며 한결같은 빛으로 초록을 머금고 서 있는 한 그루의 소나무를 보라. 얼마나 숭고하고 믿음직스러운가. 변함없이 유유히 흐르는 강을 바라보라. 얼마나 심원하고 무상한가.

대지를 가로질러 길게 뻗어 있는 길을 보라. 얼마나 철학적이며, 얼마나 종교적인가. 바다를 보라, 산을 보라. 하늘과 별과 달과 해를 보라. 다양한 것들, 이 우주에 널려 있는 수많은 물질들을 보라.

이 무수한 표정들, 유형 무형의 표정 속에 우리의 짧은 인생은 저마다 자기 본질과 표정을 가지고 살다가 사라지는 것이다. 인생뿐만 아니라 이 우주 안에 있는 모든 것들이 저마다 표정을 가지고 존재하다가 어느 날 문득 그 표정과 함께 사라지고 만다.

표정이 없는 사물의 아름다움을 상상할 수 있을까? 표정이 없는 동물의 멋을 생각할 수 있을까? 더욱이 표정이 없는 인간의 아름다움이 존재할 수 있을까?

이 세상 모든 사람들은 제각기 다른 얼굴과 표정과 성격을 가지고 태어난다. 이것은 곧 이 세상 모든 사람의 인생이 저마다 다르다는 것을 의미한다.

이렇게 서로 다른 것 가운데서 우리는 지금 살아가고 있다. 서로 사귀고, 친하고, 싫어하고, 미워하고, 사랑하고, 그리워하며 살아가고 있는 것이다. 이 모든 삶의 몸짓들이 바로 표정이다. 서로 다르고, 서로가 알지 못하고, 가까이 있으면서도 멀게 느껴지는 사람들이 보다 가까워질 수 있는 계기는 무엇인가. 그것은 바로 서로 다른 개개인이 빚어내는 나름대로의 표정인 것이다.

인간이 이 세상에 태어나고, 만나고, 헤어지고, 죽어가는 과정 역시 표정이라고 말할 수 있다. 그리하여 표정은 저마다의 독특한 아름다움으로 나타난다. 그리고 그 아름다움의 위대한 승화는 여성에게서 비로소 찬란한 꽃을 피운다고도 할 수 있다. 귀여운 딸로서, 사랑스러운 아내로서, 자상한 어머니로서, 우리 여성은 수많은 표정을 지니고 한평생을 살아간다. 이 말은 곧 여성이 무수한 미적 변화를 겪으면서 그들의 인생을 살아감을 뜻하는 것이다. 따라서 표정은 곧 여성을 상징한다고 해도 과언이 아니다.

이러한 아름다움의 표상이 되고 있는 표정을 우리는 어떻게 이해하고 받아들여야 할까? 눈으로 바라볼 수 있는 곳에 표정이 존재하듯이, 아름다움은 상대적인 것이다. 따라서 자기 표정을 책임질 수 있도록 새롭고 기품있는 아름다움을 창출하기 위해 노력해야 한다.

기쁨과 축복이 넘치는 표정이야말로 당신의 아름다움을 돋보이게 하는 요인이다. 아름다움을 당신의 표정에 실어라. 그리고 당신의 마음에서 진정으로 우러나는 표정에 기쁨이 넘쳐 흐르게 하라. 당신은 축복을 받으며 아름다운 인생을 향유할 수 있을 것이다.

마음 속에 새겨두고 싶은 한마디

인간의 얼굴은 신의 걸작이다.
눈은 영혼을 나타내고, 입은 육체를, 턱은 목적을, 코는 의지를 나타낸다.
하지만 이 모든 것들 뒤에는 우리가 '표정' 이라고 부르는 그 무엇이 있다.

— 허버트

부드러운 미소야말로 최고의 값진 선물이다

인사는 모든 만남의 시작이자 끝이다. 어린 아이가 걸음마를 제대로 배우고 익혀야 잘 걸을 수 있듯이, 올바른 인사 습관은 처음부터 제대로 몸에 익히지 않으면 안 된다. 인사를 올바로 잘 해야만 모든 인간 관계가 원만하게 이루어질 수 있다. 처음 만나는 사람과의 사이에 진심어린 인사를 주고받지 않는다면 그 어떤 대화도 나눌 수 없을 것이다.

모든 행동은 마음으로 느끼고 실천할 때 교양이 빛나는 법이다. 사과의 말을 하거나 고맙다는 말을 건네는 데 인색하지 말라. 말 한마디로 천냥 빚을 갚을 수 있다.

그런데 어두운 표정으로 말을 하면 상대도 마음이 불안하고 무거워진다. 당신도 아마 이런 경험이 있을 것이다. 여러 사람이 모인 자리에서 가끔 이 세상의 모든 근심을 혼자 짊어진 듯한 얼굴로 허무한 웃음을 지어 보이는 사람을 볼 수 있다. 그런 얼굴을 대하면 마음이 편하지 않다. 부드러운 미소란 실없는 웃음이나 의미심장한 씁쓸한 웃음과는 다르다.

당신이 만나는 모든 사람들에게 부드럽고 밝은 미소를 지어 보여라. 마음은 반드시 표정에 나타나기 마련이다. 미소란 그 마음을 상징한다.

그런데 인간이란 언제나 기분좋아서 들떠 있을 수만은 없는 법이다. 슬플 때도 있고 우울할 때도 있다. 그러나 당신이 불쾌하다고 하여 옆에 있는 사람까지 불쾌하게 만들 권리는 없다는 사실을 기억하라.

그렇다면 기분이 좋지 않을 때, 불쾌할 때는 어떻게 해야 좋을까?

우선 명랑하게 행동해 보고, 또 형식적으로라도 미소를 지어 보라. 그러면 어느 정도 마음이 가라앉고 평온해질 것이다. "인간은 슬프기 때문에 우는 것이 아니다. 울기 때문에 슬퍼진다."라고 말한 윌리엄 제임스의 말을 기억하라.

링컨은 "인간은 나이 40세가 되면 자기 얼굴에 책임을 져야 한다."고 했다. 사람의 얼굴은 그 사람이 지금까지 수십 년 동안 살아온 삶의 역사이다.

아무리 값비싼 장식품을 몸에 달고 아름다운 옷을 걸치고 있어도 그것으로 상대의 마음의 문을 열 수는 없다. 그러면 오히려 거부감을 느끼고 환멸을 줄 뿐이다. 어두운 표정이나 말은 상대에게 위압감을 준다. 반대로, 있는 그대로 상대를 받아들이는 너그러운 마음가짐에서 우러나오는 자연스러운 미소는 사람의 마음을 사로잡는다.

만나면 먼저 미소를 지어라. 이것이 계기가 되어 더욱 발전적인 인간 관계를 형성할 수도 있다. 인간 관계에서 가진 것이 없어도 다른 사람에게 베풀 수 있는 것이 바로 미소이다. 미소야말로 최고의 값진 선물이다. 처음 만날 때, 헤어질 때 밝게 지어보이는 미소는 가장 값지고 아름다운 인사라고 할 수 있다.

행복해지는 스마일 테크닉

스마일 훈련은 하루 3분씩 한 달만 하면 충분하다. 모두 6단계로, 근육 풀어주기 → 입술 근육에 탄력 주기 → 미소 만들기 → 미소 유지하기 → 미소 수정하기 → 미소 다듬기 순이다.

- 근육 풀어주기 : 영화 "사운드 오브 뮤직"의 '도레미' 송이 효과적이다. 낮은 도에서 높은 도까지 큰 소리로 분명하게 각각 3번씩 소리를 낸다.
- 입술 근육에 탄력 주기 : 턱에 자극이 느껴질 정도로 입을 크게 벌린 상태에서 10초간 유지한 다음 입을 다물고 양쪽 입꼬리를 힘껏 당겨 입술이 수평으로 맞닿게 한다(10초).
- 미소 만들기 : 작은 미소(1/3 스마일) , 보통 미소(1/2 스마일), 큰 스마일 등 세 가지 미소를 만드는데, 양쪽 입꼬리를 위로 올리고 윗입술을 끌어올리듯 긴장을 주는 것은 다 같다(각각 10초). 작은 미소는 윗앞니 두개만 약간 보이게 웃고, 보통 미소는 윗앞니 8개가량 보이게, 큰 미소는 윗앞니 10개 가량 보이고 좀더 안쪽까지 보이도록 한다.
- 미소 유지하기 : 입을 다문 상태에서 입꼬리만 올렸다 풀었다 하는 것이 효과적이다(10회 반복). 이어 '위스키' '쿠키' 같은 단어를 한자 한자에 힘을 주며 발음한다(10회, 빠르게).

끝으로 입을 다문 상태에서 입꼬리를 올렸다 내렸다 하는 처음 동작을 다시 반복하여 긴장된 근육을 풀어준다. 그래도 미소가 만족스럽지 않으면 미소 수정 과정에 들어간다. 양쪽 입꼬리가 나란히 올라가지 않을 때는 나무젓가락을 앞니로 가볍게 문 뒤 젓가락 양쪽 끝에 맞춰 좌우 입꼬리를 똑같이 올리는 훈련을 한다. 이 상태를 약 10초 정도 유지한다.

Chapter 3

성공적인 직장생활의 비결

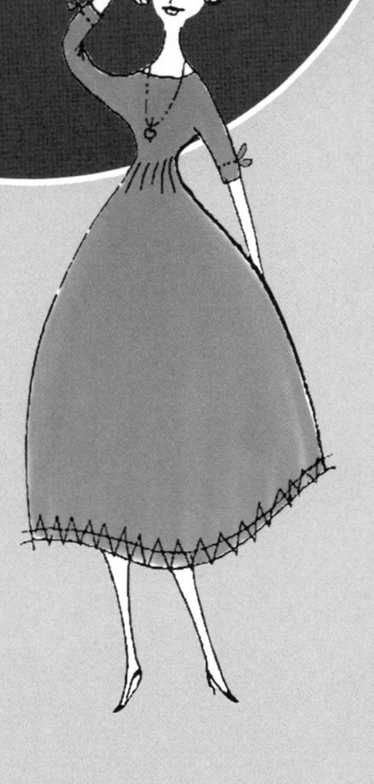

chapter 3

매일 한 발짝씩만 앞서 가도록 노력하라

상대를 배려하며 때와 장소에 맞게 말하라

진실이 담긴 말은 상대를 움직이고 감동시킨다

정상은 도전하는 자만이 정복할 수 있다

신선하고 개성적인 향기를 지닌 여성이 되라

생각과 행동 속에 항상 예절이 살아 있게 하라

유능한 직장 여성으로 성공하기 위한 마음 자세

유능하고 사랑받는 직장 여성의 행동 원칙

회사의 이미지는 당신이 만든다, 항상 신중하라

진실한 마음을 담아 먼저 인사하라

같은 말이라도 듣기 좋은 말로 품위있게 하라

상대에게 호감을 주는 말씨의 4가지 원칙

전화 예절로 그 사람의 인격을 알 수 있다

매일 한 발짝씩만 앞서 가도록 노력하라

가치관이란 행동을 결정하는 확고한 신념, 즉 행동 원리를 말한다. 우리의 생활은 즉흥적이고 무책임해서는 안 된다. 따라서 일정한 원칙을 바탕으로 한 가치관의 확립이 중요하다.

가치관은 주어진 환경과도 조화를 이루어야 하며, 그렇지 못할 경우 그는 사회에서 낙오하고 만다. 그러면 직장 여성으로서 갖추어야 할 바람직한 가치관은 어떤 것일까?

직장 여성이 된다는 것은 새로운 세계로 발을 들여놓는 커다란 환경의 변화를 의미한다. 이러한 변화에 적응하기 위해서는 약간의 모험심이 필요하며, 업무 수행에 있어서도 용기를 가지고 적극적으로 일에 임하는 자세가 필요하다.

또한 자신의 행위에 책임질 줄 알아야 한다. 대부분의 행위는 자신이 선택한 결과이며, 자유 의사에 의해 그러한 행위를 선택한 이상 그 결과에 대해 책임을 다한다는 것은 당연한 일이다.

이런 의미에서 볼 때 참된 자유란, 목적에서 벗어나지 않는 동시에 자기 스스로 자기의 욕망에 제약을 거는 것이라고도 할 수 있다. 꾸준히 탐구하고 노력함으로써 늘 새롭게 보다 나은 미래를 위해 성장하려는 굳은 의지가 필요하다. 사회란 개개인이 모여서 제 나름대로의 길을 걸어가는 경쟁의 장이라고 할 수 있다.

이 세상에 태어날 때는 모든 사람이 다 똑같은 모습으로 태어난다. 그러나 삶을 살아가면서 제각기 다른 모습으로 성장해 가고, 저마다 다른 길을 걷게 된다. 어떤 사람은 평지를 걸으면서도 발이 부르트는가 하면, 산을 넘고 강을 건너 목적지에 무사히 도착하는 사람도 있다.

또한 어떤 사람은 1년 만에 산을 넘어 평원을 찾아가는가 하면, 어떤 사람은 10년 만에 겨우 산을 넘는 사람도 있다. 그런가 하면 평생 동안 산 하나 넘지 못하고 바둥거리다가 이 세상을 떠나는 사람도 있다.

이러한 능력은 그 사람의 가치관이 얼마나 올바르고 확고한가에 따라 발휘되는 정도가 달라진다.

매일 한 발짝씩만 다른 사람보다 앞서 가도록 노력하라. 꾸준히, 날마다 한 발짝씩만 앞서 간다면 머지않아 성공의 길이 당신 앞에 펼쳐질 것이다. 당신이 차고 있는 손목시계가 하루에 5분씩 빨라진다면, 12일 후 당신은 1시간이 빠른 시계를 차고 있을 것이다. 매일 작은 일에서부터 조금씩 앞서 가는 습관을 길러라. 빗방울이 모여서 바다를 이룬다는 자연의 법칙은 당신의 삶에도 적용된다.

어학 공부에 지름길이 없듯이 출세와 성공에도 지름길이 없다. 오로지 가고자 하는 목적지를 향해 곁눈질 하지 않고 돌진하다 보면 목적하는 바를 이룰 것이다.

아무리 큰 일이라도 당황하지 말고, 작은 일이라도 소홀히 하지 말라. 일에 임할 때는 항상 정성을 다하라. 윗사람이 시키는 일만 하다 보면 결국 남에게 뒤지고 만다.

직장인 중에는 일에 끌려가는 사람, 맡긴 일만 겨우 할 수 있는 사람, 스스로 찾아서 하는 사람 등이 있다. 당신은 어떤 유형인가?

일에 서툴다고 두려워하지 말라. 한번 실패했다고 해서 낙심하지도 말라. 당신의 행동을 결정짓는 확고한 가치관을 가져라. 계획적인 생활만이 당신을 성공적인 삶으로 이끌어 줄 것이다.

지적인 여성이 갖추어야 할 3가지

지성이란 끊임없이 공부하고 배우고 자기 성찰을 하는 사람에게만 주어지는 신의 선물이요 고귀한 아름다움 그 자체이다. 지성이 있는 여성이 되려면,

첫째, 학문에 대한 애정을 가져야 한다. 다시 말해 학문적 깊이와 실력을 겸비한 여성이 되도록 노력해야 한다.

둘째, 능력에 대한 자신감을 가져야 한다. 자신의 능력에 대한 자신감은 위엄을 갖추게 하는 힘이 된다.

셋째, 자신이 하는 일에 책임을 져야 한다. 하겠다고 말한 것은 반드시 실천하고, 자신과 관련된 일에 책임감을 느끼는 태도는 지성의 깊이를 알 수 있게 한다.

상대를 배려하며 때와 장소에 맞게 말하라

훌륭한 웅변가는 남의 얘기에도 열심히 귀를 기울인다. 상대방의 얘기를 경청함으로써 상대를 유쾌하게 할 뿐만 아니라 자신의 화법을 발전시킬 수도 있기 때문이다.

상대의 얘기를 듣는 동안 예전에 이미 들었던 얘기가 나오면 말을 도중에 중단시키는 경우가 있다. 그러면 말하는 사람도 흥미를 잃고 무안해지게 되므로, 설사 알고 있는 이야기를 다시 하더라도 싫증난 표정을 짓지 말고 미소로써 듣는 아량을 베풀도록 하라.

서로 의견을 교환할 때, 상대방의 이야기에 이의가 있을 때는 반박하듯이 잘라 말하기보다는 '그 이야기도 일리가 있지만 이럴 수도 있지 않을까?' 하는 식으로 이야기의 장단을 맞추어 주는 게 좋다. 그리하여 끝까지 적극적으로 관심을 표명하고, 귀로만 듣는 것이 아니라 온 몸으로 듣고 있다는 인상을 심어 주도록 하라.

회사 안에서의 대화도 중요하지만, 회사 밖에서 이야기를 나눌 때도 항상 상대방의 입장을 생각해 가며 경청할 줄 알아야 한다. 상대의 이야기를 듣는 도중 손으로는 커피잔을 만지고 눈은 다른 사람을 주시하는 경우가 있는데, 이러한 태도는 지적인 여성으로서 취할 자세가 아니다. 상대에게 당신의 의사를 분명하고 설득력있게 전달하고 싶다면 먼저 상대의 이야기를 경청하도록 하라.

당신 삶의 주변을 한번 돌아보라. 말로 인해 여러 가지 파문을 일으키는 예를 쉽게 찾아볼 수 있을 것이다.

공중 전화기에서 통화가 길어졌다고 하자. 그때 뒤에서 기다리는 사람은 조바심이 날 것이다. 그럴 때 통화를 끝내고 나서 '기다리게 해서 죄송합니다.' 혹은 '전화가 길어져서 미안합니다.' 라고 말하면, 지금까지 초조하게 기다리며 은근히 화가 났던 마음은 순식간에 사라지고 '괜찮습니다.' 라는 대답이 돌아올 것이다.

버스 안에서 다른 사람의 발을 밟았을 때도 '실례했습니다.' 라고 사과하면 곧바로 '괜찮습니다.' 라는 말이 돌아온다. 그런데 발을 밟아 놓고도 시치미를 뗀다면, 상대는 멸시당한 듯한 기분이 되어 자칫 싸움으로 비화될 수도 있다.

말을 한다는 것은 인간 관계에 있어 어려운 문제의 해결 방법이다. 사람과 사람의 문제는 구체적으로 말을 함으로써 해결된다. 상대의 입장을 고려해서 상황에 적합한 말을 한다면, 상대의 심리를 부드럽게 하여 흐뭇한 인간 관계가 이루어질 것이다. 그러나 말을 함부로 하거나 잘못하면 상대의 심리를 자극해 결국 인간 관계도 험악해지고 만다.

당신이 만약 '말이 분명하고 태도가 솔직하여 아주 마음에 든다.' 라는 말을 듣는다면, 당신은 사랑받는 직장 여성으로 발돋움하게 되는 것이다.

당신이 무심코 내뱉은 말 한마디가 상대의 심적 변화를 야기시키고, 나아가 상대방의 인간 관계를 여러 모양으로 바꾸어 놓을 수도 있다. 지금까지 당신은 함부로 말을 하거나, 당신 자신의 입장에서만 말을 한 적이 없는가? 만약 그렇다면 왜 그랬을까?

칼날에 베인 상처에서는 피가 나고, 말로써 베인 상처에서는 피가 나지는 않지만 그것이 아물기까지는 오랜 시간이 걸린다. 당신은 지금까지 말을 함부로 했거나, 당신의 입장만 생각한 나머지 상대방의 마음에 상처를 안겨준 적이 있을 것이다. 당신이 입힌 상처가 지금 당장은 후유증을 유발하지 않았더라도, 그 불쾌한 기분은 오래도록 남아 있다가 언젠가 무섭게 폭발할지도 모른다.

'말하는 것이 그렇게 어렵다면 나는 아예 말을 하지 않겠다.' 고 하는 사람이 있을지도 모르겠다. 그러나 말해야 할 때 말을 하지 않는 것도 상대의 심리를 불편하게 만든다.

반대로, '거기까진 말하지 않는 게 좋았을 걸.' '그런 말을 여기서까지 꺼낼 필요는 없는데…….' 라고 할 만큼 지나친 말을 했던 적도 있을 수 있다. 그러기에 말이란, 필요할 때 필요한 만큼 가장 효과적인 방법으로 해야만 비로소 좋은 결과를 얻는 법이다.

상대와의 인간 관계가 어떤 사이라는 것을 올바르게 인식하는 것이 생활의 지혜이며 교양이다. 때와 장소에 맞게, 또 상대에 따라 적합한 말을 할 때 당신의 인간 관계는 꽃이 피고 열매가 맺을 것이다.

적합한 말을 적합하게 하고, 또한 올바른 인간 관계를 유지하기 위해서는 겸허한 자세로 노력해야 한다. 좋아하는 사람한테서 듣는 말과 싫어하는 사람한테서 듣는 말은 같은 말이라도 다르게 들리는 법이다.

올바른 인간 관계는 말로써 이루어 나가지만, 그 인간 관계를 지속시키기 위해서는 항상 상대방에게 당신의 존재를 인식시켜야 한다. 말하는 법과 인간 관계, 말의 효과는 이처럼 상호 유기적으로 결부되어 있기 때문이다.

때와 장소에 따라 적당한 말을 적당하게 하되 결코 말에 인색하지 말라. 항상 상대방의 입장을 고려하여 말하되, 상대의 심리를 자극하는 말은 삼가하라. 당신이 어떤 말을 어떻게 하느냐에 따라 당신의 인간 관계는 원만할 수도 불편할 수도 있다.

다른 사람과 대화할 때 주의해야 할 점

1. 대화 도중 주위를 두리번거리거나 상대방을 뚫어지게 쳐다보지 않는다.
2. 사실을 비꼬거나 덧붙여서 얘기하지 않도록 한다.
3. 타인을 중상모략하거나 비난하지 말고, 남을 칭찬하는 데는 인색하지 말라.
4. 자기 자랑을 하거나, 아는 체하지 않는다. 이야기를 혼자만 해서도 안 된다.

진실이 담긴 말은 상대를 움직이고 감동시킨다

말하는 방법이 직장 생활이나 사회 생활을 하는 데 있어 매우 중요한 일임에는 틀림없다. 그러나 말에 관한 견해나 그 반응은 제각기 다르다.

'말이란 마음의 문제' 라고 하는 사람이 있다. 물론 옳은 말이다. 그러나 이 말은 마음만 좋으면 말은 아무렇게나 해도 괜찮다는 말처럼 들린다. 그렇다면, 마음만 좋으면 다른 사람에게 말로써 상처를 주거나 불쾌하게 해도 좋다는 것일까? 그렇지는 않다.

'성실하기만 하면 마음은 통한다.' 는 사람도 있다. 말을 한다는 행위 속에 성실성이 뒷받침되어야 한다는 이론에는 반론의 여지가 없다. 옳은 말이다. 말하는 것은 말하는 그 마음과 관계되는 문제이기 때문이다. 그러나 성실하기만 하면 그것이 그대로 상대에게 전해진다고는 할 수 없다.

말하는 것은 마음을 전하는 일인 동시에 여러 가지 목적을 담고 있다. 알리고 전달하는 기능 외에도 오해를 피하고 성실한 마음을 그대로 전달하기 위해서는 자신의 마음을 법칙에 알맞게 말하는 것이 필요하다. 한마디로 마음도 좋고, 말하는 방법도 좋은 것이 가장 바람직한 일이다.

우리는 보통 말하는 기술이 좋은 사람을 일컬어 '말을 아주 잘 한다' 고 표현한다. 이런 경우의 말 잘 하는 사람은 오히려 말하는 방법이 좋은 사람이라고 해야 옳을 것이다. 한편, '말하는 것은 서툴러도 사람을 움직인다.' 든가 '말더듬이도 사람을 감동시킨다.' 고 말하는 사람이 있다. 그러나 사실 '서툰 것' 이 사람을 움직이고 '말더듬이' 가 사람을 감동시킨 것은 아니다.

말에 따라 사람을 움직이고 마음 속에 감동을 불러일으키는 것은 바로 '말하는 힘' 이 있기 때문이다. '말하는 힘' 은 결코 말하는 방법이나 말하는 기술이 아니다. 말하는 방법만을 말의 영향력이라고 한다면, 결코 서툰 말이 사람을 움직일 수 없을 것이다. '말하는 힘' 이 있어야 상대를 움직이고 감동시킬 수 있다.

'말하는 힘' 이란, 풍부한 인간성과 밀도 높은 내용, 그리고 때와 장소에 맞게 그 사람에게 대응하는 대응력의 상호작용으로 생기는 것이다. 누가, 무엇을, 어떻게 말하느냐 하는 것이 영향력(힘)있는 말의 3요소이다. 상대에게 어떻게 말하면 좋을까 하는 것을 파악하고 말할 내용이 없다면 말을 한다는 것은 불가능하다.

언제나 잘 듣는 태도도 중요하다. 말을 하기 전에 먼저 상대의 말을 귀기울여 듣는 능력을 길러야 한다. 잘 듣기 위해서는 다음 세 가지가 필요하다. 그것은 남의 말에 귀 기울일 수 있는 너그러운 마음, 듣고 대응할 만한 내용, 듣고 이해할 수 있는 능력이다.

말하는 힘에 비해 말하는 방법은 일종의 기술이라고 할 수 있다. 마음에도 없는 일을 있는 듯이 말하는 방법이라든가, 사실이 아닌 것을 사실인 것처럼 꾸며대는 것은 일종의 말하는 기술이다.

말을 잘 하고자 하는 최종 목적은 말하는 방법을 익히는 것이지, 말하는 기술을 익히는 것은 아니다.

풍부한 인간성과 밀도 높은 내용을 가지고 있으면서도 그것을 나타내지 못하는 사람도 있다. 그런 사람은 말을 할 때 자신의 생각을 바르게 표현하는 방법을 배워야 한다. 인간성이 같고 내용이 같을 경우, 그것을 표현하는 방법도 다른 것 못지않게 중요하다.

1분 이내로 말하고 2분 이상 들어줘라

대화를 할 때 자신의 말은 1분 이내로 하고, 2분 이상 상대가 말하도록 하며, 3번 이상 긍정의 맞장구를 쳐주도록 한다. 정확한 발음은 화술의 기본이다.

공감대를 형성할 만한 대화 소재를 선택하고, 같은 말이라도 알아듣기 쉬운 단어를 선택함으로써 상대방을 배려하도록 하라. 상대방의 얘기를 열심히 들어주면 상대방도 차분해지고 여유가 생겨 마음을 활짝 열게 된다.

정상은 도전하는 자만이 정복할 수 있다

당신은 이제 따뜻한 보금자리를 떠났다. 어미 품을 떠난 작은 새가 그 연약한 날개로 스스로 날아야 하듯이, 당신은 이제 정들었던 학교와 가정의 품을 떠나 새로운 세계로 생활 터전을 옮긴 것이다.

이제 사회인이 되었다는 생각만 해도 기대감과 설레임으로 가슴이 부풀어오를 것이다. 한편으로는 친한 친구들과 헤어져 낯설고 생소하기만 한 사회의 새로운 구성원이 된다는 불안감도 없지 않을 것이다. 또한 이제 어엿한 직장인으로서 스스로 결정하고 행동하지 않으면 안 된다는 책임의식이 당신의 어깨를 짓누를지도 모른다.

하지만 당신은 이제 모든 행동에 대한 책임을 스스로 지지 않으면 안 된다. 막연한 기대감과 동경으로 선망해 왔던 학창시절의 꿈을 깨고, 눈앞에 닥친 현실 속에서 당신 자신을 보다 강하게 담금질하지 않으면 안 된다.

많은 사람들이 직장 생활을 힘들어한다. 이제부터 고생이 시작된다고도 말한다. 직장이란 도대체 어떤 곳이기에 그토록 힘들고 어려운 것일까?

한 가정에 부모, 언니, 오빠, 동생 등의 질서가 있듯이, 직장도 각각의 지위를 가진 구성원들로 이루어져 있는 집단이다. 가정과 마찬가지로 직장 구성원들 간의 관계도 상하, 또는 선배와 후배라는 질서 있는 계급으로 이루어진다.

이렇듯 하나의 조직체인 회사는 그 나름대로의 목표를 가지고 있고, 각자의 연령, 지식, 경험, 사고방식, 성격 등 개인적인 차이와는 상관없이 서로 협력하면서 조직의 목적을 위해 맡은 일을 처리한다. 그러므로 직장이란 단순히 가정 생활, 또는 학교 생활과는 다른 곳이다. 학교의 목적은 공부로서 정해진 과제만 하면 되지만, 직장은 다른 사람과 협력하여 업무를 효율적으로 처리해야 하는 조직체이다.

따라서 직장인이 된 당신은 반드시 전체라는 틀 안에서 적극적으로 일해야 한다. 힘들고 어려운 직장 생활을 성공적으로 이끌어 나가기 위해서는 직장은 일터이며 생산적인 곳이라는 생각하에 다른 사람과 항상 조화를 이루어 나가는 교양 있는 자세를 가져야 한다.

특히 직장 생활에서는 주어진 업무를 혼자서 처리해 나가야 한다는 부담감이 뒤따르기 마련이다. 이러한 부담감이 당신을 긴장시키고, 혹시 실패하지나 않을까 하는 두려움을 안겨다줄 것이다.

그러나 용기를 가져라. 늘 적극적인 마음으로, 만약 실패하더라도 재도전할 수 있다는 자신감을 가져라. 정상은 도전하는 자만이 정복할 수 있고 확신하는 자만이 성취할 수 있다.

용기는 불가능을 가능으로 바꾸는 힘이다

아무리 신체 건장한 사람이라도 겁이 많으면 자기보다 몸집이 작은 사람과의 싸움에서 이길 수가 없다. 하지만 용기있는 사람은 자신의 열등함을 극복하고 자신이 가진 힘 이상의 능력을 발휘한다. 두려워하면 자기 틀에 갇혀 버리게 돼, 전진하기는 커녕 퇴보의 길을 걸을 수밖에 없다. 용기야말로 불가능하게 여겼던 것을 가능으로 바꾸는 힘이다.

어떤 마술사가 쥐 한 마리를 발견했다. 이 쥐는 고양이한테 잡혀먹힐까봐 늘 두려움에 떨고 있었다. 마술사는 이 쥐가 너무 불쌍하여 고양이로 만들어 주었다. 그런데 이 고양이가 된 쥐는 이번에는 개를 두려워하였다. 그래서 이번에는 그 쥐를 개로 만들어 주었다. 개가 된 쥐는 그래도 여전히 두려움에 떨고 있었다. 호랑이에게 잡혀먹힐까봐 두려워하고 있었던 것이다. 마술사는 다시 그 쥐를 호랑이로 만들어 주었다.

마침내 호랑이가 된 이 쥐는 이제 두려울 것이 없었을까? 아니, 호랑이가 된 쥐는 사냥꾼의 총이 무서워서 여전히 두려움에 빠져 있었다.

두려움을 갖기 시작하면 끝이 없다. 자신이 처한 상황이나 타고난 환경은 절대 장애가 될 수 없다. 그것을 극복하는 것은 바로 용기이다.

마음 속에 새겨두고 싶은 한마디

아무 방법도 없을 때 오직 한 가지 방법은 용기를 갖는 일이다.
꿈을 품고 무언가 할 수 있다면 그것을 시작하라.
새로운 일을 시작하는 용기 속에 당신의 천재성과 능력과 기적이 모두 숨어 있다.

신선하고 개성적인 향기를 지닌 여성이 되라

일반적으로 우리 사회에서는 아직까지 남자 직원에 비해 여직원에 대한 기대가 덜하다. 하지만 업무적으로 볼 때 회사의 주도권을 쥐고 있다든지 핵심적인 일을 하지 않더라도 회사의 전체 분위기를 형성하고 이미지를 개선하는 데 없어서는 안 될 구성원이 바로 여성이다.

마치 집안에서 어머니의 역할과도 같다. 없는 것 같으면서도 사실상 집안의 전체적인 분위기를 주도하고 있는 것은 어머니의 부드러움과 포용력인 것이다.

경영자 입장에서 볼 때 여직원은 항상 신선함을 간직한 꽃처럼 회사의 분위기를 새롭고 생동감있게 만들어 주기를 기대한다. 꽃이 시들면 향기도 사라진다. 향기 없는 꽃을 좋아할 사람은 이 세상에 아무도 없을 것이다. 매일 물을 갈아 주고, 적당히 햇빛을 쪼이며, 시들어 버린 꽃송이는 가려내어 항상 싱싱한 꽃만으로 화병 가득히 꽂아 둔다면 주위 분위기는 한결 밝아질 것이다.

직장에서의 여직원도 마찬가지다. 보기에만 좋은 꽃보다는 향기 좋은 꽃이 더 사랑받듯이, 직장에 없어서는 안 될 꼭 필요한 존재로서의 가치를 지니는 것이 중요하다. 여기서 싱싱한 꽃송이는 바로 여성의 단정한 용모와 성실성이며, 매혹스런 꽃 향기는 여성의 올바른 교양과 아름답고 지적인 행동에 다름 아니다.

항상 신선하고 개성적인 향기를 지니고 있을 때 당신은 직장에서 사랑받는 여성이 될 수 있다. 그럼, 늘 신선하면서도 개성있는 향기를 유지하려면 어떻게 해야 할까?

첫째, 언제나 창조적이어야 한다. 창조적인 사람이 되려면, 일에 대한 의욕과 꾸준한 노력, 책임감과 인내력은 물론이고 적극적인 사고방식을 가져야 한다. 스스로 책임의식을 가지고 적극적으로 일할 때 그 일에 대한 흥미와 보람도 느낄 수 있다.

둘째, 항상 탐구하는 자세를 가져야 한다. 학구적인 지식은 학교 생활이 이미 끝났으므로 더 이상 배울 필요가 없다는 생각은 매우 위험한 발상이다. 학교 생활에서 배웠던 기본 지식을 바탕으로 사회에서는 그것을 올바르게 응용하는 기술을 연구하고 익혀야 한다. 더욱 새롭고 효과적인 방법은 없는지 늘 탐구하는 자세로 임하는 것이 바람직하다.

셋째, 회사의 방침이나 전통에 융화할 줄 알아야 한다. 흔히 오랫동안 내려오는 전통 혹은 회사 방침에 대해 낡아빠졌다거나 비합리적이라고 생각하기 쉽다. 그러나 회사에 따라 색다른 행사와 방침이 있고 나름대로의 전통이 있다. 그 회사에 입사한 이상 그러한 전통을 자연스럽게 받아들이고 적응해 나가지 않으면 반항적인 행동이 나타나기 쉽다. 회사에 대한 반항은 당신의 성장을 가로막아 즐겁고 보람있는 직장생활을 기대할 수 없다. 그러므로 회사의 전통을 존중하면서 당신의 역할을 충실히 하도록 하라.

건전한 사고와 겸손한 태도가 당신의 행동 속에서 자연스럽게 드러날 때 당신은 모든 이들의 호감을 받게 될 것이다. 자발적인 태도와 적극적인 사고방식은 당신을 항상 활기차게 만들어 줄 것이다. 그러면 당신의 하루는 틀림없이 유익하고 보람있는 인생의 한 페이지를 장식하게 될 것이다.

교양과 품위있는 행동으로 늘 활기차게 생활하라. 아침에 집을 나서서 처음 만나는 사람에서부터 퇴근 후 마지막 인사를 나누는 사람에 이르기까지 당신의 개성있는 향기를 기억할 수 있게 하라. 그러면 당신은 자연스럽게 사랑받는 여성이 될 수 있을 것이다.

즐거운 직장생활을 하려면 관심과 사랑은 기본

직장을 즐거운 일터로 만들려면 먼저 관심을 쏟고, 먼저 사랑을 베풀며, 먼저 예우하고, 먼저 존중하는 자세를 배워야 한다. 어느 조직에서든 꼭 있어야 할 사람이 되고, 주위 사람들에게 꼭 필요한 사람이 되도록 노력하라. 상사, 동료, 후배, 고객의 시선에서 관심어린 태도, 언어가 느껴질 때 직장은 짜증나는 장소가 아니라 기쁨이 넘치는 일터가 될 것이다.

생각과 행동 속에 항상 예절이 살아 있게 하라

사람이 살아가는 데 필요한 모든 지식과 행동 규범을 교양이라고 한다면, 에티켓은 교양의 범주에 속하는 행동 규범이라 할 수 있다. 이것은 다시 말해 예의범절, 즉 사람으로서 마땅히 지켜야 할 도리를 의미한다.

우리는 각기 개성이 다른 사람들이 모여 각자의 삶을 영위해 나가는 사회 속에서 예의를 지키기 위해 항상 노력해야 한다.

당신은 사회인으로서 성실한 삶과 행복을 보장받고 싶지 않은가? 그렇다면 이제부터 이러한 인간 관계 속에서 당연히 지켜야 할 예절을 당신의 생각과 행동 속에 살아 있게 하라. 특히 직장 생활에서의 예절은 직장 분위기를 부드럽게 할 뿐만 아니라, 명랑하고 즐거운 직장 여성으로서의 긍지를 갖도록 해준다.

예절에 정해진 법칙은 없지만 기본 형식은 있다. 그것은 사람마다 다른 개성과 지식, 교양, 인격에 따라 같은 내용이라도 다르게 나타나기 때문이다. 부드럽고 상냥한 음성, 섬세하고 우아한 언행, 겸손하면서 성실하고 품위있는 태도로 상대를 대하는 사람을 만나면 기분좋지 않을 사람은 없다. 사회 조직이 삐걱이지 않고 잘 돌아가게 하기 위해서는 '예의' 라는 교양의 윤활유가 필요하다.

예의는 어디까지나 자율적이고 신축성 있는 규범이어야 하며, 생명력과 참신함에 그 의의가 있다. 따라서 예의는 결코 구시대의 낡아빠진 제약이 아니다. 예의는 현대 감각을 지닌 자유주의적 지성인에게 없어서는 안 될 삶의 조건이다.

이렇듯 부드럽고 명랑한 사회 분위기를 조성하는 예절은 결코 저절로 이루어지는 것이 아니다. 예술의 도시 파리가 하루 아침에 이루어지지 않았듯이, 끊임없는 노력과 깊은 수양의 결과로써 얻어지는 교양이 바로 예절이다.

덕을 쌓는 다섯가지 마음가짐

"고맙습니다"라고 감사하는 마음

"미안합니다"라고 반성하는 마음

"덕분입니다" 하는 겸허한 마음

"제가 하겠습니다" 하는 봉사의 마음

"네, 그렇습니다" 하는 유순한 마음

우리 모두 이런 마음으로 하루 한 가지씩만 덕을 쌓는다면,

이 세상은 훨씬 아름다운 세상이 될 것이다.

유능한 직장 여성으로 성공하기 위한 마음 자세

학창 시절 새학기를 맞을 때마다 '이번 새학기부터는 정말 열심히 공부해야지.' 하고 새로운 각오로 결심을 다졌을 것이다. 또한 학교를 졸업하고 사회인이 되면서도 이런 희망찬 결심을 했을 것이다.

그렇다면 말로만 그치는 단순한 희망사항으로서의 결심이 아니라, 진실로 성장하게 하고 사회의 우등생이 되게 하는 구체적인 결심은 어떤 것일까? 성숙한 여성으로서, 신뢰받는 사회인으로서, 또한 유능한 직장 여성으로서 성공하기 위해서는 다음과 같은 마음 자세가 필요하다.

첫째, 건강을 유지하도록 하라.

건전한 정신은 건강한 신체에 깃든다는 말이 있듯이, 사회 생활을 활기차게 이끌어나가기 위해서는 무엇보다도 건강이 우선되어야 한다. 건강은 자기 자신을 위해서도 중요하지만, 자칫 잘못해 건강을 잃고 나면 되찾기 어려울 뿐만 아니라 좋은 아이디어나 능력도 발휘할 수가 없다. 따라서 건강은 건강할 때 지켜야 한다. 모든 행복한 삶의 첫째 조건은 건강으로부터 비롯된다는 사실을 명심하라. 자신의 건강 상태를 주기적으로 체크하면서 적당한 휴식과 영양 섭취, 그리고 운동과 규칙적인 생활로 자신의 건강은 자신이 지키도록 하라.

둘째, 협동 정신을 길러라.

회사는 개개인의 힘이 모여 조직적으로 업무를 수행하는 곳이다. 마치 수천 개의 볼트와 너트, 그리고 수십 개의 부속품이 결합되어야만 거대한 톱니바퀴가 돌아가고 기계가 작동되듯이, 개개인의 힘이 제 자리를 지킬 때 하나의 커다란 조직적 힘으로 바뀌어 회사가 유지되는 것이다. 제아무리 큰 기계라도 볼트나 너트 하나만 빠지면 제 기능을 잃고 만다. 회사도 마찬가지다. 당신 한 사람의 힘은 보잘것없어 보일지 모르지만, 일단 회사원으로서 구성되고 나면 당신의 힘은 회사라는 기계를 가동시키는 데 있어 없어서는 안 될 중요한 부속품이 되는 것이다. 특히 동료와의 능동적인 결합은 매우 중요하다.

직장에서 협력하며 일하기 위해서는 동료간에 충분한 이해와 대화를 통해 공동으로 추구하고 있는 목표에 대한 친밀감을 갖는 것이 좋다. 단체 생활에서 협동 정신이 결여되면 소외감을 느끼게 된다. 소외감을 느끼는 사람은 늘 불안하고, 성공보다는 실패를 더 의식하게 된다. 모든 일을 능동적으로 처리하는 것이 아니라 억지로 마지못해 하게 된다. 그런 사람은 결국 그 조직체로부터 이탈당할 수밖에 없다.

협동하는 마음은 조직체에 있어서 당신이 꼭 필요한 사람임을 확인시켜 주는 것이다. 당신이 빠지면 회사는 어느 한 기능을 잃게 되어 회사가 추구하는 공동 목표를 달성할 수 없다. 회사에서 당신의 존재는 작지만 없어서는 안 될 기계의 부품과도 같은 것이다. 그러므로 협동정신을 갖고, 모든 일을 자발적으로 처리하는 습관을 가져라. 당신의 회사에서 추구하는 공동 목표가 무엇인지 이해하라. 협동하는 마음은 당신의 인간 관계를 보다 더 원만하게 만들어줄 것이다.

셋째, 적극성을 가져라.

어느 회사든 경쟁 회사가 있기 마련이다. 경쟁 회사보다 적극적으로 기술을 개발하여 좋은 상품을 만들어 팔고 자금을 회수할 때 그 회사는 성장할 수 있다. 직장인들에게 보다 의욕적이고 적극적으로 일하기를 바라는 이유가 바로 여기에 있다. 적극성을 갖는다는 것은 모든 일을 스스로 찾아서 하고, 흥미를 갖는다는 것이다.

당신은 학창시절을 통해 적극성의 원리를 수없이 경험했을 것이다. 똑같은 시간 동안 책을 읽을 때, 교과서를 읽는 것과 읽고 싶었던 재미있는 소설을 읽는 것과는 그 능률에 차이가 있음을 느꼈을 것이다.

회사 업무도 마찬가지다. 윗사람이 시키니까, 또는 월급을 받지 못하거나 해고를 당하게 될까봐 마지못해 일을 한다면, 당신은 흥미 없는 교과서를 볼 때처럼 능률이 오르지 않을 것이다.

하지만 스스로 일을 찾고, 그 일을 함으로써 당신이 더욱 발전할 수 있다는 신념 속에서 보람차게 일을 진행한다면 흥미롭고 지루하지도 않을 것이다. 또한 당신은 똑같은 시간에 다른 사람보다 더 많은 일을 손쉽게 해낼 수 있을 것이다. 그리고 당신의 숨은 노력은 틀림없이 '유능한 여직원' 이라는 평가로 되돌아올 것이다.

회사에 근무하는 이상 회사 업무는 당신이 해야 할 일이다. 자기 자신의 건강을 위해서 음식을 섭취하고, 교양을 위해 책을 읽듯이, 당신의 보람있는 삶을 위해 적극적으로 회사 일에 정성을 쏟아야 한다.

이상의 세 가지 기본적인 마음가짐으로 직작 생활에 임한다면 당신은 신뢰받는 직장 여성으로서 성장해 갈 수 있을 것이다. 당신의 미래는 당신의 태도에 따라 달라질 수 있음을 기억하라.

산으로 갈 것인가, 바다로 갈 것인가? 당신의 자세와 노력에 의해 당신은 자신이 가고 싶은 곳으로 갈 수 있다. 건강과 협동 정신과 적극성은 유능한 여직원의 필수 조건이다.

근무 중에 피해야 할 자세

- 기지개를 켜거나 하품을 한다.
- 의자에 기댄 채 발을 떤다거나 몸을 흔든다.
- 손님을 앞에 두고 옆 직원과 잡담을 한다.
- 양손을 주머니에 넣은 채 걷는다.
- 남이 보는 데서 화장을 고치거나 무릎을 벌리고 앉는다.
- 사적인 통화가 길고 잦다.

유능하고 사랑받는 직장 여성의 행동 원칙

유능한 직장 여성, 사랑받는 여성이 되기 위해서는 앞에서 말한 세 가지 마음 자세 외에도 다음과 같은 네 가지 행동 원칙을 지키는 것이 중요하다.

첫째, 큰 소리로 대답하라.

상사가 불렀을 때, 혹은 무엇을 물어보았을 때 대답하는 소리 하나만으로도 그 사람의 업무에 대한 태도와 열의를 엿볼 수 있다. 입 안에서 우물쭈물한다면 소극적인 사람으로 단정지어지고, 그 후부터는 별볼일 없는 사람으로 취급받을 것이다. 적극적인 자세, 적극적인 행동은 자신감에서 나온다. 그 자신감은 항상 큰 소리로 대답할 수 있는 사람만이 가질 수 있다. 자신감이 없는 사람은 결코 큰 소리로 대답할 수 없다. 그러므로 항상 큰 소리로 힘차게 대답하는 습관을 기르도록 하라.

둘째, 인사를 잘 하라.

인사성이 바르지 않은 사람은 결코 성공할 수 없다. 원만한 대인 관계의 첫걸음은 밝은 인사성이다. 특히 여성인 당신은 아침에 출근해서 상사나 주위 동료들에게 "안녕하세요?"라고 가볍고 명랑하게 인사하는 것은 물론, 오후에 퇴근할 때도 정중하게 인사하는 습관을 들여야 한다. 또한 근무중에 상사나 선배, 동료에게 가르침을 받았을 때도 "감사합니다."라는 인사를 잊지 말도록 하라.

여성으로서 누릴 수 있는 대인 관계의 특권은 밝고 명랑한 인사가 아닐까? 업무와 관련된 실수로 인해 윗사람에게 지적을 받았을 때에도 주저하지 말고 "죄송합니다. 앞으로 주의하겠습니다."라고 공손하게 말하도록 하라.

당신이 자연스럽게 던지는 밝고 명랑한 한두 마디의 인사는 상대방의 기분을 보다 명랑하고 유쾌하게 만들어 준다는 사실을 기억하라. 그때그때 상황과 장소에 따라 자연스럽게 인사말이 튀어나올 수 있도록 늘 인사하는 습관을 들여라. 인사를 잘 한다는 것은 그만큼 당신이 적극적인 성격의 소유자임을 증명하는 것이다.

셋째, 의심나는 것은 언제든 물어 보라.

직장 생활이란 쉬운 듯하면서도 어려운 점이 한두 가지가 아니다. 학교에서는 모르는 것이 있으면 그때그때 선생님이나 친구들에게 물어서 이해하지 않으면 배울 기회가 없어지고 만다. 직장 일도 마찬가지다. 몰라도 된다는 식으로 얼버무리고 나면 당신의 앞날은 발전보다는 퇴보만 있을 뿐이다. 잘 모르는 일이 있을 때는 서슴지 말고 물어서 완전히 이해하도록 하라.

인생은 배움의 연속이다. 배움에 인색한 사람은 영원히 정신적인 빈곤 속에서 허덕이게 될 것이다. 자신감 넘치는 직장 여성으로서 보다 성숙한 여성이 되기 위해서는 항상 묻고 배우려는 자세를 가져야 한다. 모르는 것을 알고자 노력하는 것은 결코 부끄러운 일이 아니다. 의심나는 것이 있거든 언제라도 물어 보라. 항상 탐구하는 자세로 임한다면 당신의 교양은 차츰 꽃을 피우고 열매를 맺게 될 것이다.

넷째, 회사의 기밀을 지켜라.

말이 많은 사람은 실수를 하기 쉽다. 여직원들이 삼삼오오 모이면 수다를 떠는 경우가 많은데, 그러다 보면 결국 자신의 경솔함을 드러내는 결과를 초래할 수도 있다.

회사는 회사 나름대로의 목표가 있고, 그 목표 달성을 위해 추진하고 있는 계획이 있기 마련이다. 이러한 계획이 경쟁 회사에 들어가게 되면 막대한 지장을 초래할 뿐만 아니라 치명적인 손실을 가져올 수도 있음을 명심하라. 가령 버스나 전철 안에서 업무에 관해 무심코 한마디 던진 것이 옆에 타고 있던 경쟁 회사의 직원에게 중요한 정보를 제공한 결과를 낳게 되는 경우도 있다. 세상 일이란 참으로 기묘해서 별 일도 아닌 것이 말썽의 근원이 될 수도 있으므로 늘 주의해야 한다.

또한 회사의 기밀 서류나 중요 문서 등을 책상 위에 놓아둘 때는 뒤집어 놓도록 하고, 옮길 때에도 뒤집어서 취급하도록 한다. 서류가 바닥에 떨어져 있으면 설사 함부로 쓰여진 글귀라도 주워서 확인해 보는 것이 좋다.

이런 습관들은 회사의 기밀을 지키는 데 도움이 된다. 당신이 철저하게 회사의 기밀을 지키려고 노력한다면, 회사측에서도 당신을 신뢰하게 되고 중요한 일도 마음놓고 맡길 것이다. 그때 당신은 유능한 직장인으로서, 사랑받는 여성으로서 새로운 보람을 느낄 수 있을 것이다.

유능한 직장 여성으로 인정받는 길

1. 여성의 지위를 이용하여 덕을 보려 하기보다는 능력으로 승부한다.
2. 남자 직원과 동등하게 일을 한다. 여성이라는 이유로 부당한 대우를 받거나 남자 직원과 차별적인 업무가 주어진다면 시정을 요구하는 용기가 필요하다.
3. 명확하고 분명한 목소리로 이야기하며 큰소리로 대답한다.
4. 인사성 밝은 여성이 된다. 인사만 잘 해도 상냥하고 씩씩한 여성이 된다.
5. 못하는 게 많으면 안 된다. 무조건 못한다고 하기보다는 '해볼게요' 한다.
6. 이기적, 개인적인 모습을 지양하고 동료들과 협동하는 자세를 보여야 한다.
7. 무슨 일이든 적극성을 가지고, 자기에게 주어진 일은 끝까지 마무리한다.
8. 지각과 결근은 하지 않고 자기 관리를 철저히 한다.

회사의 이미지는 당신이 만든다, 항상 신중하라

회사는 뚜렷한 목적을 가지고 경영되고 있으며, 그 목적을 달성하기 위해 일하는 곳이다. 직원들은 회사의 목적을 달성하기 위해 제각기 업무를 분담하고 있는 것이다. 따라서 학교나 가정에는 없는, 보다 과학적이고 능률적인 일의 진행 방식이 필요하다.

학교 생활에서는 당신이 설사 실수로 시험을 잘못 치렀더라도 당신 개인의 성적이 나쁜 것으로 끝난다. 그러나 직장에서의 실수나 잘못은 당신의 업무 평가에 영향을 미치는 것은 물론이고 회사의 경영 활동 전체에까지 영향을 미치게 된다.

예를 들어 어떤 식품 제조 공장에서 공교롭게도 종업원이 끼고 있던 고무장갑이 원료에 들어가 그것이 제품에 섞인 채 시중에 유통되었다고 하자. 소비자들에 의해서 그 사실이 밝혀졌을 때 소비자들의 건강을 해치는 것은 물론 회사 이미지가 어떻게 되겠는가?

당신의 조그마한 실수가 회사 경영 전체에 미치는 영향은 어떠하며,

많은 소비자들에게 얼마나 큰 불신감을 심어주게 될지 상상해 보라. 이런 극단적인 예가 아니더라도 한 개인의 실수나 순간적인 방심으로 인해 회사의 이미지가 흐려지는 일은 얼마든지 있을 수 있다.

회사에 근무하는 이상 당신의 이미지는 바로 회사의 이미지라는 사실을 명심해야 한다. 당신의 잘잘못은 당신 혼자에게만 영향을 미치는 것이 아니라, 직장 동료는 물론이고 회사, 나아가서는 이 사회 전체에도 큰 영향을 미칠 수 있다. 따라서 항상 주의를 게을리하지 말고 신중하게 행동해야 한다.

이제 당신은 당신이 속해 있는 회사의 꽃이다. 정원을 화사하게 밝혀주는 장미와 라일락이 한 계절을 대표하듯이, 당신의 회사를더욱 돋보이게 하는 것은 당신에게 달려 있다고 생각하라. 유능한 직장 여성, 사랑받는 직장 여성, 그래서 더욱 성숙해 가는 여성이 되도록 하라. 열심히 살아가는 성실한 삶 속에서 행복의 꽃은 활짝 피어나기 마련이다.

자신의 노력 여하에 따라 인생이 달라진다

현대는 치열한 경쟁 사회이고, 실력 위주의 냉정한 시대이다. 아무런 준비 없이 막연히 일을 한다는 의지만으로는 부족하다. 임시직으로 잠시 머물다 간다는 생각을 버리고 평생 직장으로서 자기 일에 대한 긍지와 확고한 신념이 있어야 한다.

자기 인생을 어떻게 만드는가는 자신의 노력 여하에 달려 있다. 원하는 일을 하고 싶고, 능력도 인정받고 싶다면, 그런 여건이 주어지기를 기다리기보다는 스스로 능동적으로 일을 찾아나서는 적극적인 자세가 필요하다.

진실한 마음을 담아 먼저 인사하라

인사는 상대방에 대한 관심의 표현이다. 인간은 누구나 상대방으로부터 관심을 받고 싶어한다. 관심을 갖는다는 것은 헌신적인 마음이 있을 때 가능하며, 애정이 있다는 증거이기도 하다. 따뜻한 관심을 담은 다정한 말 한마디가 당신의 인간 관계를 한결 돈독하게 해줄 것이다. 진실한 인사는 상대를 무시하지 않으려는 솔직한 노력이다.

우리 인생은 만남과 헤어짐의 연속이라고 할 수 있다. 만났다 헤어지고, 또 만난다. 한 번 헤어졌다고 하더라도 또 어디에서 다시 만날지 알 수 없다. 헤어질 때의 인사는 다음의 만남을 위해 여운을 남기는 것이다. 그런데 대부분의 사람들은 만났을 때의 인사에 비해 헤어질 때의 인사를 소홀히 하는 경우가 많다. 인사는 만날 때든 함께 있을 때든 헤어질 때든 한결같은 마음으로 관심있게 해야 한다.

인사는 먼저 하는 게 예의지만, 상대가 답례를 하지 않으면 불쾌감을 느끼게 된다. 그러므로 인사란 서로 교환하는 것이다. 하지만 인사는 당신이 먼저 하고 상대가 답례하도록 하는 게 좋다.

인사를 할 때는 상대의 이름과 직책을 붙여서 하도록 하라. 그러면 받는 쪽에서도 인사를 무시하지 못할 것이다. 오늘 당신이 인사를 시작해 보라. 내일도 모레도 틀림없이 되돌아올 것이다.

진리는 항상 가까이에 존재한다. 진리는 단순함 속에 있다. 즉 평범함 속에서 우리는 진리를 발견할 수 있다. 인간의 역사는 지극히 평범하고 단순한 노력으로 형성되어 있다.

진실한 인사는 당신을 훌륭한 인간 관계로 이끌어줄 것이다. 가진 것은 없어도 마음을 선물할 수 있는 것이 바로 인사다. 물질적으로는 비록 가난할지라도 마음의 등불이 당신 주위를 따뜻하게 비추도록 하라.

말을 베풀어라. 따뜻함을 함께 나누어라. 그러면 사랑받는 직장 여성이 될 수 있을 것이다.

꼭 알아두어야 할 인사 요령

인사는 고개가 아니라 허리 각도에 따라 구분된다. 먼저 상대방의 눈을 마주치며 반가운 마음을 표현한 후 30° 정도 허리를 굽히는 것이 보통이다. 인사 예절은 형식보다는 마음을 담아 정성스럽게 하는 것이 중요하다. 밝은 표정, 상쾌한 인사말, 정중한 태도 등 인사의 3요소가 습관화되도록 노력하라. 엘리베이터나 복도 등에서 자주 마주칠 때는 윗몸을 굽히지 말고 가볍게 머리만 숙이고 눈으로 정중함을 표하면 된다. 핸드백이나 서류를 들고 있을 경우에는 가능한 한 왼손에 휴대하여 몸에 붙여서 들고 인사하도록 한다.

같은 말이라도 듣기 좋은 말로 품위있게 하라

인간의 생활은 타인과의 만남을 통해 이루어지며, 또한 그 생활을 유지해 나가기 위해서는 여러 가지 규칙이 필요하다. 그것을 지키지 않으면 소속 집단 속에서 원만한 생활을 할 수 없다. 또한 사회인으로서의 정상적인 활동도 불가능해진다. 이처럼 중요한 타인과의 교류는 바로 언어를 통해서 이루어진다.

언어란 말하는 사람의 품격과도 같은 것으로, 저마다 풍기는 느낌이 다르고 그 방법이 다르다. 하지만 언어는 대개 그 사회에서 통용되는 관습에 따르게 되어 있어 그 규칙을 무시하면 결코 품위있는 언어가 될 수 없다.

말 한마디가 생각지도 않은 물의를 일으킬 수도 있다. 말씨나 말하는 예절에 따라 상대와의 인간 관계가 파괴될 수도 있고, 직장에서의 평가가 나빠질 수도 있다.

언어는 대개 관습에 따른다. 그러나 진실한 마음을 동반하지 않은 말은 공허할 수밖에 없다. 그래서 말하는 것이란 쉬운 것 같으면서도 참으로 어려운 것이다. 이렇게 어려운 말을 어떻게 하면 효과적으로 잘할 수 있을까?

기본적인 화법을 무시하고 제멋대로 함부로 말하는 습관은 버려야 한다. 말 때문에 쓸데없이 오해를 받거나 평가를 떨어뜨려서는 안 된다. 같은 말이라도 듣기 좋게 말하는 사람이 있는가 하면, 웬지 떨떠름한 여운을 남기는 사람이 있다. 그것은 사람마다 대화의 요령이 다르기 때문이다.

언어란 대인 관계의 기본이 되는 가장 중요한 수단이다. 같은 말이라도 듣기 좋은 말로 골라서 해야 한다. 아름다운 언어의 구사는 당신을 더욱 품위있는 여성으로 만들어줄 것이다.

말을 해보면 그 사람의 인품, 교양, 성격을 알 수 있다

말은 곧 그 사람의 표현이다. 그가 쓰는 언어가 곧 그 사람의 인품과 교양, 지식, 성격을 나타낸다고 해도 과언이 아니다.

여성에게서 큰 매력을 느낄 수 있는 교양 중 가장 중요한 것은 언어이다. 언어를 통한 여성의 아름다움은 그 사람의 이성적 사고, 올바른 마음가짐, 지적인 판단, 여유있는 포용력 등의 내면적인 깊이가 총체화되어 외부로 표현되는 것이다.

교양있는 언어와 적절한 침묵을 구사할 수 있는 여성의 매력이란 오랜 시일에 걸친 지적 훈련을 통해 갈고 닦아진다. 그러므로 성숙한 지성이 품위있는 말씨를 통해 드러날 때 여성의 아름다움은 한층 돋보인다.

상대에게 호감을 주는 말씨의 4가지 원칙

대상이 없는 언어란 있을 수 없다. 이 세상에 혼자 살고 있다면 무슨 말이 필요하고, 무슨 표정이 필요하겠는가?

인간은 혼자 살아갈 수 없고 더불어 살아야 하는 운명을 타고났다. 그래서 말이 필요해졌고 말하는 법이 필요하게 되었다. 사람마다 개성이 다르고 입장이 다르기 때문이다.

이처럼 상대의 존재 가치를 바탕으로 대화의 필요성이 대두되었기에 이왕이면 같은 말이라도 상대의 마음을 움직이고 이해시키는 말을 하는 것이 중요하다. 그렇기 때문에 수천 년의 역사를 통해 언어가 끊임없이 발달해 왔고 말하는 법도 새로워졌다.

그러면 오늘날처럼 복잡한 조직사회 속에서 상대에게 호감을 주려면 어떻게 말해야 할까?

말을 할 때는 언제나 상대방의 입장에서 그를 존중하는 마음이 밑바탕에 깔려 있어야 한다. 또한 아무리 상반된 의견일지라도 서로 일치점을 발견하기 위해 노력한다면 서로 융합할 수 있는 대화가 가능할 것이다. 여기에서 상대에게 호감을 주는 말씨의 네 가지 원칙을 소개해 보겠다.

첫째, 교양있게 말하라.

같은 말이라도 기분좋게 받아들일 수 있는 언어를 구사하는 사람이 있는가 하면, 본심은 그렇지 않은데 웬지 뒷맛이 개운치 않게 여운을 남기며 말하는 사람이 있다. 당신은 어느 편인가? 말은 언제나 상대방의 입장을 고려해서 하는 게 중요하다.

둘째, 요령있게 말하라.

있는 그대로 말하여 상대의 기분을 망치기보다는 조금 솔직하지 못하더라도 듣기 좋게 말하는 센스가 필요하다.

셋째, 재치있게 말하라.

그때의 상황에 걸맞는 재치있는 말은 우리 삶의 활력소이자 감정을 순화시키는 청량제이다. 그것은 모든 사람에게 웃음을 가져다줄 수 있고, 상황을 반전시켜 활력을 주기도 한다.

넷째, 상황에 맞게 말하라.

말하는 사람은 항상 적극적인 태도를 취하되 듣는 사람에게 도움이 안 되는 내용은 피해야 한다. 또한 상대방의 반응을 살피며 흥미없어하는 이야기는 오래 하지 않도록 한다. 화제를 선택하는 데 있어서도 신중을 기해야 한다.

이상의 네 가지 요령 이외에도 상대방에게 호감을 줄 수 있는 화법은 많다. 그러나 상대방의 입장에 서서 교양있게, 요령있게, 재치있게, 상황에 맞게 말해야 한다는 점에서는 일맥상통한다.

따라서 이러한 요령들을 단지 읽는 데 그치지 말고, 당신 스스로 실천하고 습관으로써 몸에 익힐 수 있도록 노력해야 한다.

들을수록 기분좋은 말

이야기를 한다는 것은 언어 사용뿐만 아니라 태도, 표정, 어조를 포함한 종합적인 표현이다. 따라서 이야기를 할 때는 밝은 표정으로 대화에 맞는 제스처를 쓰면서 대화가 끊어지지 않도록 부드럽게 주고받는 것이 중요하다.

"감사합니다." "고맙습니다." "죄송합니다." "미안합니다."라는 말은 서로를 기분좋게 만든다. 이러한 말들을 습관화한다면 서로 얼굴 붉힐 일이 있더라도 금세 풀게 되어 화기애애한 분위기를 만들 수 있을 것이다.

대화시 바람직한 시선 처리

눈은 마음의 창이라는 말이 있다. 눈에는 그 사람의 감정이 그대로 나타나기 때문에 대화를 할 때의 시선 처리는 사회생활에 있어 매우 중요하다.

힐끔힐끔 쳐다본다거나 두리번거린다거나 상대방을 뚫어지게 쳐다보는 것은 예의가 아니다. 시선을 한 곳에 고정하지 말고 편안하고 밝은 미소로 상대방을 바라보며 얘기하면 친근감을 느낄 수 있다. 대화시 상대방의 눈을 피하면 진실성이 결여되어 보인다. 위아래로 훑어본다든가, 안경 너머로 상대를 바라보는 것, 상사에게 꾸지람받을 때 눈을 올려뜨는 것 등은 좋지 않은 시선 처리라고 할 수 있다.

전화 예절로 그 사람의 인격을 알 수 있다

만약 전화가 없었다면 현대 사회는 어떻게 달라졌을까? 전 세계가 일일생활권으로 압축되는 우주 시대의 개막은 영원히 꿈꾸지 못했을 것이다. 전화는 현대 생활의 필수품으로서 우리 생활과 밀접하게 연관되어 있다. 이제 전화 마케팅은 현대인에게 있어 가장 중요한 비즈니스 업무 중의 하나라고 할 수 있다.

전화는 많은 유용한 면을 가지고 있는 반면에 불리한 점도 있다. 전화를 걸고 받는 일이 서툴러서 거래를 정지당하는 경우도 있을 것이다. 물론 전화가 인연이 되어 업무상 이득을 보는 경우도 있다. '참 기분좋은 사람이야.' 하고 생각할 만큼 전화만으로도 상대방을 즐겁게 하는 사람이 있고, 그런 전화 때문에 결혼까지 하게 된 아름다운 예도 있다.

전화를 올바로 사용할 줄 알면 업무를 효과적으로 추진할 수 있을 뿐만 아니라, 무형의 자산이 되어 미래를 보장해 줄 수도 있다.

그렇다면 상대에게 호감을 줄 수 있는 전화 에티켓은 무엇일까?

전화를 걸기 전에는 우선 항상 겸손한 자세로 자기 자신을 바로잡아야 한다. 얼굴을 모르는 상대라 하더라도 한번 목소리에 반감이 생기면 다시 전화하고 싶은 마음이 없을 것이다. 인내심을 갖고 항상 겸손하고, 친절하고, 상냥하게 전화 응대를 해야 한다. 전화도 하나의 비즈니스이므로, 친절하고 겸손한 사람만이 비즈니스에 성공할 수 있다.

평소에 전화를 자주 사용하는 사람도 막상 전화벨이 울리면 긴장하기 쉽다. 특히 새로 입사한 신입 사원이라든지 정서적으로 불안한 사람들은 전화벨 소리만 들어도 두려움을 느낀다고 한다. 심지어는 전화기만 보아도 어디로든 도망치고 싶다는 사람도 있다고 한다.

그러나 신입 사원이 들어오면 맨 처음 전화받는 일부터 시키는 회사도 있다. 전화를 받는 사람의 말씨를 통해 그 사람의 됨됨이를 평가할 수 있기 때문이다. 전화를 받는 태도는 그 사람의 인격과 성품, 업무 가능성과 교양 정도를 나타낸다.

전화는 안팎으로 중요한 역할을 한다. 서로의 얼굴을 보지 못한다는 점 때문에 말소리에 표정이나 몸짓 등까지 나타내야 하는 어려움이 있기는 하다. 따라서 전화는 얼굴을 맞대고 이야기하는 언어 이상의 진실한 마음이 상대에게 전달되어야 한다. 언어만이 유일한 전달 수단은 아닌 것이다.

말을 할 때의 표정은 무엇보다 중요하다. 마찬가지로 소리의 얼굴인 전화의 표정 또한 중요하다. 항상 상냥하고 밝은 표정을 지어야 한다.

전화가 걸려 왔을 때는 신호음이 두 번 정도 울리고 나서 받도록 하고, 언제든지 메모할 수 있도록 메모지와 펜을 준비한다. 밝은 목소리로 자신의 소속과 이름을 밝힌 후 상대를 확인한다.

전화를 걸 때는 중요한 말을 빠뜨리거나 하는 일이 없도록 용건을 미리 메모하여 둔다. 저쪽에서 전화를 받으면 자신을 분명히 밝힌 후, 상대방을 확인하고 나서 통화하고자 하는 사람을 공손히 부탁한다. 그리고 용건을 차근차근 얘기하고 공손하게 마지막 인사를 한 후 전화를 내려놓으면 된다.

전화 통화를 할 때는 바로 눈앞에 상대를 마주보고 중요한 얘기를 나눈다는 생각으로, 그리고 한 통의 전화가 회사의 이미지를 결정짓는다는 마음으로 언제나 성의껏 응대하도록 한다.

전화 응대시 바람직하지 못한 습관

- '여보세요' 또는 '네' 로 첫인사를 한다.
- 작은 목소리로 무성의하게 얘기한다.
- 고객 앞에서 개인적인 일로 오랫동안 전화를 한다.
- 정확한 메모 대신 자신의 기억력을 신뢰한다.
- 수화기를 턱이나 어깨에 걸치고 통화한다.
- 상대와 말다툼을 한다.
- 상대보다 먼저 전화를 끊어버리며, '탁' 소리나도록 수화기를 내려놓는다.

Chapter 4

친구와의 우정을 지키는 비결

chapter 4

삶에 우정이 없다면 그 삶은 불완전한 것이다

친한 친구일수록 교양있게 예의를 지켜라

언제나 믿고 용서하며, 칭찬을 아끼지 말라

잘못을 인정하고 사과할 줄 아는 여성이 되라

해결의 실마리가 보이는 친구만을 도와라

소외감을 극복하려면 자신감있게 행동하라

겸손한 마음으로 남의 말을 귀담아 들어라

친구간에 꼭 지켜야 할 전화 예절

친구를 초대하거나 방문할 때의 예절

삶에 우정이 없다면 그 삶은 불완전한 것이다

친구의 소중함에 대해서는 아무리 강조해도 지나치지 않을 것이다. 당신이 연인이나 남편 못지 않게 자주 접촉해야 하는 사람이 바로 친구들이기 때문이다. 우리는 친구 없이는 제대로 살아갈 수가 없다. 더욱이 당신이 남들보다 더 돋보이는 여성이 되고자 할 때 친구의 중요성은 보다 절실해진다.

우리는 간혹 친구가 거의 없는 사람을 보게 된다. 그들은 자기에게 친구를 사귈 만한 능력이 없는 것 같다며 우울해한다. 그러나 그것은 마치 자기는 숨을 쉴 줄 모른다고 말하는 것과 마찬가지다. 물론 친구를 사귀는 데에도 몇 가지 원칙이 있기는 하다. 그러나 그것은 너무도 단순하여 배우기 쉽다.

우선 상대방과의 공감대를 형성하라. 자기와 같은 취미와 기호를 가진 사람에 대해서는 누구나 쉽게 호감을 갖는 법이다. 일단 서로 호감을 갖게 되면 친구가 되기는 쉽다.

이성에게서 애정을 획득하기란 쉬운 일이 아니다. 남녀간의 애정에는 상당 부분 성적 매력이 작용하고 있기 때문이다. 그런 이성간의 사랑은 쉽게 상처를 받기도 하고, 상처를 주기도 한다. 하지만 우정은 결코 그렇지 않다. 우정은 사랑보다 화려하지는 않지만 더욱 견고한 인간 정신의 교류이다.

만일 당신이 곤경에 처한다면 가족보다는 친구가 더 도움이 될 것이다. 친구는 당신과 혈연관계에 있거나 계약을 맺지 않고도 당신에게 좋은 감정을 갖고 있기 때문이다. 당신이 실패하게 되었을 때 가족들은 분한 감정을 삭이지 못하지만, 친구는 당신을 위로하고 격려해 준다. 당신이 어려운 일에 처했을 때 친구와 상의한다는 것은 지극히 당연한 일로, 그러한 지혜로움을 발휘할 때 당신은 친구의 도움을 받을 수 있을 것이다.

대개 가족보다는 친구에게 모든 문제를 더 쉽게 털어놓을 수 있다. 물론 그 친구는 아주 소중한 한두 명의 친구일 것이다. 친구라고 해서 다 같은 것은 아니다. 당신이 곤경에 처했을 때 진심으로 당신을 도와주고 위로해 주는 사람만이 진정한 친구이다.

그렇다면 그렇게 소중한 친구를 어떻게 선택할 것인가?

친구에는 두 종류의 친구가 있을 수 있다. 당신의 좋은 일에 함께 기뻐해주는 친구와 당신에게 나쁜 일이 있을 때 위로하고 충고해 주는 친구이다. 친구란 서로에게 유용한 존재여야 한다. 그러므로 자신이 처하고 있는 상황에 맞추어 친구를 찾는 것이 좋다.

유용하다는 말을 꼭 계산적인 의미로는 생각하지 말기 바란다. 어쨌든 우리가 친구를 사귀는 것은 서로가 서로에게 무언가를 주고 싶고 또 받게 되기 때문이다. 주는 것도 즐겁고 받는 것도 아름다운 일이다. 그 상대가 바로 당신의 친구라면 말이다.

"두 사람이 모두 계속해서 외로운 처지에 있게 되면 그들 사이에 서로 정신적인 유대가 생겨난다." 이 말은 우정의 일부를 설명해 준다.

친구는 일이나 일상사와도 관계가 있다. 선택할 여지도 없이 당신에게 가까이 다가오는 사람, 예를 들면 함께 일하는 동료라든가 남편 또는 애인의 친구 등 각기 다른 색깔을 지닌 많은 친구들이 모여 서로 관계를 형성하며 살아가는 것이 우리 인생이다.

살아가는 동안 당신은 많은 친구들을 사귀게 될 것이다. 직장 동료, 의사, 직업상의 친구, 미용사, 디자이너 등등. 그들은 당신 주위에서 은연중에 당신의 삶에 영향을 미친다. 그러므로 좋은 친구를 사귀어라. 그러면 당신의 미래는 분명히 발전이 있을 것이다.

한번 맺어진 친구는 거의 평생 친구가 된다. 친구와의 세계는 편안하고 안락한 세계이다. 특히 여자들끼리의 세계는 달콤하고 따스한 마음의 평화를 가져다준다.

신은 인간에게 '사랑' 이라는 멋진 선물을 주었다. 그러나 당신의 삶에 '우정' 이 추가되지 않는다면 당신의 삶은 아직 불완전한 것이다.

친한 친구일수록 교양있게 예의를 지켜라

우정에도 매너, 즉 교양미가 필요하다. 교양미란, 함부로 행동하지 않는 것이다. 친한 친구를 상대로 교양있게 행동한다는 것은 사실 쉬운 일이 아니겠지만, 이것은 우정을 지켜 나가는 데 매우 중요한 것이다.

자기가 할 일을 다하는 데서 당신의 교양은 드러난다. 그러므로 언제나 책임을 다하는 사람이 되라. 겸손하게 자기를 낮출 때 교양미는 더욱 돋보이는 법이다. 고집스럽게 성내는 얼굴이 교양미를 지닌다는 것은 상상할 수조차 없다.

다음은 교양있는 여성으로서 친구간에 지켜야 할 예절이다.

첫째, 약속을 지켜라. 일단 약속을 했으면 무슨 일이 있든 꼭 지킨다.

둘째, 값싼 여성이 되지 말라. 친구들이 찻값을 똑같이 나누어 내자고 제의할 때 값싼 여성은 쉽게 치사한 모습을 보이고 만다.

셋째, 어려운 일을 당한 친구를 위로하라. 실직을 했거나 몸이 아픈 사람이 있다면 함께 걱정하고 위로해 주기 마련이다. 물론 처음에는 모두 그렇게 하지만 대부분의 사람은 시간이 지남에 따라 그를 잊고 만다. 하지만 교양있는 사람은 그가 어려움을 헤치고 일어설 때까지 줄곧 관심을 갖는다.

넷째, 당신에게 호의를 베풀었던 사람을 기억하라. 언제 누가 당신에게 호의를 보였는지 잊어서는 안 된다. 당신의 형편이 좀 나아졌다고 해서 쉽게 그들을 잊는다면 교양있는 사람이 될 수 없다.

다섯째, 다른 사람에 대해 험담하지 말라. 당사자가 없는 곳에서 미주알 고주알 떠드는 것은 비겁한 일이다. 그 친구의 장점을 보고 칭찬해 줄 수 있는 아량을 가져라.

여섯째, 받으려고만 하지 말라. 당신이 아무리 가진 것이 없더라도 일방적으로 받기만 해서는 안 된다.

일곱째, 언제나 웃는 사람이 되라. 상대방이 유쾌한 농담을 했는데 당신이 무뚝뚝한 표정으로 반응이 없다면 얼마나 무안하겠는가.

여덟째, 칭찬에 인색하지 말라. 남의 노고를 칭찬할 줄 알아야 한다. 전화든 편지든 상대방의 노고에 고마움을 표시하는 것이야말로 남의 말에 귀기울이는 것 못지 않게 교양있는 행동이다. 마음은 굴뚝 같은데 시간이 없어 못했다는 변명은 핑계일 뿐이다. 입장을 바꾸어 생각한다면, 그런 변명에 기분좋을 리 있겠는가? 기발한 칭찬이 아니라도 좋다. 상대방의 노고에 꼭 응답하라. 그것이 교양인의 자세이다.

언제나 믿고 용서하며, 칭찬을 아끼지 말라

어머니의 사랑은 헌신적인 사랑의 표본이라고 할 수 있다. 하지만 그것만이 헌신적인 사랑의 전부는 아니다. 참된 친구는 자신의 친구를 위해서라면 자식에 대한 어머니의 사랑 못지 않게 헌신적인 우정을 보이기도 한다. 물론 그런 친구는 아주 너그럽고 따뜻한 심성의 소유자임에 틀림없다.

내가 잘 아는 사람이 이렇게 말했다.

"나는 절대로 원한을 간직하지 않습니다. 왜냐하면, 내가 원한을 간직한 채 끙끙 앓는 동안 다른 사람들은 춤추고 기뻐하며 인생을 즐기고 있을 테니까요. 난 차라리 원한을 품을 힘이 있다면 그것으로 생을 즐기겠습니다."

무엇보다도 용서할 줄 아는 사람이 되라. 화내는 사람에게는 화가 돌아가고, 너그럽게 용서하는 사람에게는 용서가 주어진다. 누군가에게 화를 낸 뒤 그 화가 결국 자신에게로 되돌아온 경험을 한 적이 있을 것이다. '자업자득' 이라는 말처럼 그것은 결국 자신에게 피해를 끼친다. 그러므로 언제나 용서하는 사람이 되라.

누군가가 당신을 헐뜯는다면 기분이 어떻겠는가? 등 뒤에서 누군가가 당신에게 악담하는 것을 우연히 듣게 되었을 때 당신은 말할 수 없이 참담한 기분이 될 것이다.

우리는 자기 자신에게는 물론이고 누군가에 대해 늘 불평을 하며 살아간다. 사람이란 저마다 성격과 기호가 다르기 때문에 그럴 수밖에 없다. 그것은 가장 친한 사람들 사이에서도 마찬가지다. 하물며 평범한 사람들끼리 불평이 없을 수는 없다. 다만 그것을 감춘 채 다독거리며 살아갈 뿐이다.

그러므로 등 뒤에서 하는 말에 신경쓰지 말라. 당신이 없는 곳에서 누가 무슨 말을 할까 걱정하지 말라. 그들이 당신에 대해 험담을 한다는 것은 그들이 당신을 질투하고 선망하기 때문이다.

지성을 갖춘 교양인으로서의 당신은 누군가를 헐뜯거나 험담해서는 결코 안 된다. 오히려 남을 옹호하고 칭찬하라. 친구가 없는 자리에서 늘 그를 칭찬하며, 필요하다면 남과 다투더라도 친구를 옹호하는 사람이 진정한 친구이다.

보이지 않는 곳에서 항상 친구를 칭찬하는 사람이 되라.

잘못을 인정하고 사과할 줄 아는 여성이 되라

내가 에크하르트에서 일하고 있을 때, 늘 늦잠을 자는 친구에게 어느 날 아침 전화를 했다. 그녀가 출근 시간에 늦을까 봐 걱정이 되었기 때문이다.

그런데 그 친구의 보답은 불평뿐이었다.

"맙소사! 벌써 8시 30분이잖아. 10분 후에는 사무실에 도착해야 하는데……."

내가 무슨 말을 하려고 하자 그녀는 마구 소리질렀다.

"제발 전화 좀 끊어. 지금 늦었단 말야."

그리고는 꽝 수화기를 내려놓는 것이었다. 내가 그때 전화해 주지 않았더라면 그녀는 계속 자고 있을 게 분명한데, 고맙다는 말은 커녕 오히려 나에게 화를 내었던 것이다.

힘들고 어려울 때일수록 자제력이 필요한 법이다. 아무리 바쁘더라도 천천히 수습하도록 하라. 자제할 줄 아는 것, 그것이 우정을 지키기 위한 첫째 조건이다.

예의란, 인간과 인간 사이에 지켜져야 할 최소한의 규칙이라고 할 수 있다. 우리는 때때로 정치인들이나 저명 인사들이 무례한 짓을 저지르는 모습을 보게 된다. 그런 모습을 보았을 때 누가 그 사람을 존경하고 싶겠는가?

피로는 예의를 갖추지 못하게 하는 교양인의 적이다. 피로가 쌓여 있으면 무례한 행동을 하기 쉽다. 하지만 진실로 교양있는 사람이라면 아무리 지쳐 있더라도 친절과 공손함을 잃지 않고 예의를 지킬 수 있다. 어려울 때 예의를 지키는 사람이야말로 참된 교양인이다.

교양인의 또 다른 특징은 늘 감사하고 미안해할 줄 안다는 점이다. 실수를 했을 때는 거리낌없이 자신의 실수를 인정하라. 그것을 호도하거나 무마하기 위해 위장할 필요는 없다. 솔직하게 자신의 잘못을 인정하는 것이 교양인다운 태도이다. 실수한 것 자체도 잘못인데, 그 실수를 위장하려는 또 하나의 실수를 저지르지 말라.

사무실이나 집에서나 항상 사과할 수 있는 마음의 여유를 가져라. 때로는 당신의 잘못이 아닌 일에 대해서 당신이 사과할 수 있는 용기도 필요하다. "내 실수예요. 미안해요."라는 평범한 말 한마디가 실수로 인한 난처한 상황으로부터 당신을 구원해 줄 것이다. 자신의 잘못을 인정하는 사과야말로 얼마나 상쾌한 일인가!

해결의 실마리가 보이는 친구만을 도와라

당신의 친구 중에는 하는 일마다 실패를 거듭하는 친구도 있을 수 있다. 그들은 대부분 큰 문제점을 안고 있다. 그리고 그 문제는 도무지 해결의 실마리가 보이지 않는 것일 가능성이 높다.

그런 부류의 사람들은 당신까지도 파멸로 이끌 수 있다는 사실을 명심하라. 처음에는 조금씩 도와주던 것이 차츰 그 정도가 심해져 결국은 당신의 모든 것을 탕진시켜 버리고 만다. 괴물을 키우면 더 큰 괴물을 얻을 뿐이다. 당신은 자신의 삶이 다른 사람으로 인해 완전히 침식당하기를 바라지는 않을 것이다.

당신이 현명한 사람이라면 도울 가치가 있는 사람만을 도와라. 뭔가 해결의 실마리가 보이는 사람들, 꾸준히 노력하며 땀흘리는 사람들이 바로 그들이다. 하지만 희망이 보이지 않는 사람들에게는 전혀 투자할 가치가 없다.

아무에게나 연민을 느끼고 그를 돕다 보면 마침내 자신을 모두 망치고 마는 어리석은 결과를 가져올 뿐이다. 그런 사람에게는 누구를 돕기보다는 우선 자기 자신을 돌보는 일이 더 중요하다. 무엇보다도 먼저 자기 자신을 생각하라. 그렇게 실패로 가득찬 사람들과 계속 어울리는 한 파멸만이 기다리고 있을 것이다. 가능한 정도 내에서 남을 도와라.

'실패자' 만이 당신의 기력을 소모시키는 것은 아니다. 직장 상사나 파출부, 혹은 친구나 심지어 당신의 어머니까지도 당신의 심신을 고달프게 하는 경우가 있을 것이다. 당신은 그들의 마음에 들기 위해 조바심치며 끙끙대고 있지는 않는가?

용기를 내라. 그리고 그런 정신적인 협박자들로부터 과감하게 벗어나라. 때로는 그들을 당신의 인생 밖으로 내몰거나 무기력하게 만들어 버릴 필요가 있다.

당신은 당신 자신의 삶을 사는 것이다. 다른 사람의 눈치를 살필 필요 없이 씩씩하고 당당하게 앞으로 나가라.

마음 속에 새겨두고 싶은 한마디

친구에는 세 종류가 있다.
첫째는 음식과 같은 친구로 매일 만나야 한다.
둘째는 약과 같은 친구로 이따금 만나야 한다.
셋째는 질병과 같은 친구로서 이를 피하지 않으면 안 된다.

— 탈무드

소외감을 극복하려면 자신감 있게 행동하라

우리는 살아가면서 때때로 외로운 섬에 홀로 버려진 듯한 소외감을 맛보기도 한다. 이것이 일시적인 것에 그치지 않고 오랫동안 지속될 때 그 무게에 짓눌려 허덕이게 된다.

우리는 스스로가 당당하고 자신감 넘치는 사람이라는 신념을 가짐으로써 소외감을 극복할 수 있다. 누구나 고립감을 느끼게 되는 상황에 부딪히지만 그것을 대수롭지 않게 생각하는 사람만이 그 상황에서 벗어날 수 있다.

여러 사람과 함께 있을 때 불편함을 느끼는 것은 상대에게 문제가 있거나 아니면 자신에게 문제가 있기 때문이다. 어디에서든 불편함을 전혀 느끼지 않는 축복받은 사람도 있고, 남을 늘 안심시켜 주는 고마운 사람도 있다. 이렇게 남을 편안하게 안심시켜 주는 사람이야말로 우리가 바라는 인간상이다.

다음은 당신의 외로움을 극복하는 데 도움이 될 만한 원칙이다.

첫째, 외로움을 느끼는 것은 이기심과 자기중심적 사고 때문인 경우가 많다. 여성들은 바람에 날리는 민들레처럼 예민한 감수성을 가지고 있어 감정 이입에 능숙하다. 이 점을 적극적으로 활용하는 것이다. 즉, 예민한 감수성으로 상대방의 감정 변화를 잘 파악하여 당신의 이야기에 상대가 지루함을 느끼고 있는 것 같으면 즉시 이야기를 중단하도록 하라. 그리고 감정 이입 능력을 발휘하여 자신을 컨트롤하는 것이다. 단, 감수성의 활용은 여기에서 그치도록 하라. 자신의 실패를 너무 예민하게 받아들인다든가 하는 것은 바람직하지 못하다.

둘째, 누구나 살아가면서 가끔 외로움을 느끼는 것은 당연하다. 당신뿐만 아니라 다른 사람들도 그렇다는 사실을 기억하라. 그리고 그 상처가 비록 고통스럽기는 해도 그로 인해 당신이 죽음에 이르지는 않는다는 사실도 잊지 말라.

셋째, 남들과 잘 어울리는 사람들을 너무 부러워하지 말라. 그들 중에는 사교 능력은 뛰어나지만 다른 면에서는 현저하게 뒤떨어지는 사람도 많다. 당신은 좀 내성적이기는 해도 그 점만 제외한다면 그들보다 훨씬 나을지도 모른다. 자신감을 가져라.

넷째, 비록 당신이 부끄러움을 잘 타는 사람일지라도 많은 대중들 속에서 스타가 될 수 있는 가능성은 언제나 있다.

다섯째, 자연스럽게 조크를 던져라. 그러나 다른 사람으로부터 얻어들은 멋진 농담을 써먹어야겠다고 너무 의식하지는 말라. 그러다가는 더 나쁜 결과를 초래할 수도 있다.

여섯째, 당신보다 더 문제투성이인 사람도 많다는 것을 기억하라. 그런 사람들이 시시콜콜 말을 걸어올지도 모른다. 그들의 불안스런 태도와 말씨를 보며 당신은 너그럽고 여유있는 태도로 자신감을 확인하라.

일곱째, 불편할 때는 누구나 침묵할 자유가 있다. 당신은 자칫 침묵하고 있는 자신에게 어색함과 불만을 느낄지 모른다. 하지만 재미없을 때는 침묵할 수 있는 용기를 가져라.

여덟째, 물건을 사러 상점에 들어섰을 때 판매원들이 당신을 무시할 수도 있다. 그들은 저희들끼리 재잘대다가 당신이 들어서면 마치 귀찮다는 듯이 상대할 것이다. 그럴 때는 당신의 볼 일만 보면 된다. 그들의 비위까지 맞추어줄 만큼 너그러울 필요는 없다.

아홉째, 어떤 모임에 나갔는데 대화가 낯선 주제로 흐를 때는 침묵을 지키는 것이 현명하다. 그러다 보면 그들 중 누군가가 당신과의 대화를 원할 것이다. 그때 당신은 모나리자처럼 우아하게 미소지어라. 그리고 긴장을 풀고 그들의 말에 동조하면서 관심을 갖고 있다는 표시로 그들의 눈동자를 주시하라.

열째, 중요한 잡지나 신문들을 그때그때 읽어 두어라. 무심코 지나치기 쉬운 사소한 상식이 당신을 지적인 여성으로 돋보이게 한다.

겸손한 마음으로 남의 말을 귀담아 들어라

남의 이야기를 귀담아 듣는 것이야말로 가장 소중한 매너이다. 당신이 남의 말에 귀를 잘 기울이는 사람이라면 모든 일은 아주 순조롭게 풀려나갈 것이다. 자기를 드러내고자 하는 욕망이 앞서다 보면 남의 말에 귀기울이는 태도를 등한시하기 쉽다.

남의 말을 귀담아 듣는다는 것은 천부적인 재능을 요구하는 게 아니다. 오직 겸손한 마음만 있으면 된다. 하지만 그 효과는 기대 이상이다.

남의 애기를 듣는 것이 꼭 이타주의 때문만은 아니다. 상대방의 지식이 필요하거나 그를 존중하기 때문일 수도 있고, 또는 반대로 존중을 받고 싶거나 비난이 두려워서일 수도 있다.

그런데 가끔은 아주 곤란한 경우도 있다. 상대가 아주 쓸데없는 애기만 수다스럽게 지껄이는 경우이다. 그럴 때는 지체없이 그곳을 떠나라. 그런 자리에 오래 앉아 있는다고 해서 그들이 당신을 존중해 주는 것은 아니다. 그런 극성스런 상대가 아닌 이상 남의 이야기를 경청하라.

당신은 어쩌면 아주 뛰어난 화술의 소유자일지도 모른다. 또한 당신은 기가 막힌 얘깃거리를 가진 사람일 수도 있다. 하지만 항상 조심하라. 세상 모든 사람이 당신의 화술이나 경험담에 관심을 갖고 있는 것은 절대로 아니다.

세상의 거의 모든 대화는 동등하지 않다. 다시 말해, 어느 사람은 좀 더 많이 얘기하고, 또 어느 사람은 조금 얘기한다. 상대가 많이 말하는 편이라면, 당신은 좀 참는 게 좋다. 그가 지친 다음에 당신 차례가 오게 되어 있다. 오히려 당신이 먼저 다 말해 버린다면 얘깃거리가 바닥나서 고심하게 될지도 모른다.

이런 점들에 유의하기를 바라며 당신이 훌륭한 경청자가 되는 비결을 몇 가지 제시하겠다.

첫째, 상대에게 기회를 줘라. 그의 얘기중에 당신에게 문득 기발한 얘깃거리가 생각났더라도 참는 게 좋다. 중간에 끼어드는 것은 바람직하지 못하다.

둘째, 이야기의 줄거리를 놓치지 말라. 쉽게 다른 화제로 이야기를 돌려 버려선 곤란하다.

셋째, 이야기가 끝난 듯이 여겨지더라도 잠시 기다려라. 상대방은 아직 보충할 얘기가 남아 있을지도 모른다. 그에게 충분히 이야기할 기회를 주어라. 그러면 아마도 그는 당신을 놀라우리만치 훌륭한 대화 상대라고 생각할 것이다.

넷째, 이야기의 흐름을 놓쳐 버렸을 경우, 솔직히 고백하고 정중하게 사과한 다음 다시 이야기를 부탁하라. 이런 태도는 오히려 당신을 성실한 사람으로 돋보이게 만든다.

다섯째, 긴장을 풀고 얘기에 전념하라.

여섯째, 항상 겸손하라. 당신이 그보다 더 뛰어난 사람이고 아는 것이 많을지라도 늘 겸허함을 잃지 마라.

일곱째, 아주 가까운 사람에게는 더욱더 신경쓰라. 즉 상대방은 물론이고 그의 가족들에 대해서까지 세심하게 알아두는 것이다. 아이들의 이름, 나이, 직업, 생일 등. 그러면 만날 때마다 똑같은 질문을 하는 어리석음을 범하지 않을 것이다.

여덟째, 결코 아름답거나 멋진 사람이 아니더라도 그 사람 역시 자존심을 가지고 있다는 사실을 명심하라. 오히려 미인은 칭찬하지 않아도 좋다. 그는 자기가 미인이라는 사실을 알고 있기 때문이다. 그러나 그렇지 못한 사람은 칭찬받아야 한다. 남을 칭찬하라.

항상 입을 조심하라

자신이 옳다고 생각한다고 해서 무엇이든 다 털어놓는 것은 어리석은 일이다. 장소나 시간에 따라 알맞게 처신하라. 상대방과 의견을 달리할 만큼의 주관도 있고, 또한 자기 의견을 잠시 유보할 줄 아는 여유도 지녀야 한다. 자신의 일이 잘 되지 않고 있다는 것을 떠벌일 이유는 없다. 여자들은 비밀을 잘 간직하지 못하는 성미여서 중요한 기밀조차 쉽게 털어놓고 만다. 항상 입을 조심하라.

친구간에 꼭 지켜야 할 전화 예절

현대인은 전화 없이는 거의 하루도 살 수 없다. 따라서 전화 예절의 중요성에 대해서는 아무리 강조해도 지나치지 않을 것이다.

첫째, 전화를 할 때는 언제나 상대방의 상황이 어떤지 물어 보라. 오래 통화할 수 없는 상황인데 이쪽에서 끝없이 수다를 떤다면 그것만큼 폐가 되는 일도 없을 것이다. 어떤 상황인지 미처 묻지 못했거나 그럴 수 없는 경우라면 상대의 은근한 메시지에 유의하라. 그러면 그가 통화하기를 원하는지 그렇지 않은지 눈치챌 수 있을 것이다.

둘째, 당신에게 온 전화를 그만 끊고 싶을 때는 "약속이 있어."라든가 "친구가 아래층에 와 있어."라는 식으로 거절하지 말라. 그보다는 더 부드럽게 말하는 게 좋다. "그래, 아주 재미있었어."라든가 "그래 그래, 나중에 또 듣기로 하자." 하는 식으로 말해도 눈치빠른 친구들은 그 의미를 알아차릴 것이다. 그러나 아주 둔감한 사람이라면 할 수 없이 직접적인 말을 할 수밖에 없다. 그것은 매우 난처한 일이다. 당신은 제발 그런 전화 상대자가 되지 않기를 바란다.

셋째, 정보를 알기 위해 전화했는데 상대방이 잘 응해 주지 않을 때는 이렇게 말하라. "알겠습니다. 이제 두 가지만 묻고 끝내겠습니다." 그러면 상대는 당신의 통화가 얼마나 걸릴지 짐작하고 질문에 응해 줄 것이다.

넷째, 전화 용건을 속이지 말라. 그것은 상대방을 매우 불쾌하게 만든다. 그냥 솔직하게 말하라. 괜히 빙빙 돌려 말하지 말고 곧바로 본론을 얘기하라.

마음 속에 새겨두고 싶은 한마디

남에게 무례한 짓을 하지 말고, 남에게 무례한 짓을 당하지 말라.
모든 사람에게 예절바르고, 많은 사람에게 붙임성 있고,
몇 사람에게 친밀하며, 한 사람에게 벗이 되고, 아무에게도 적이 되지 말라.
위에 있으면서 교만하지 않으면 아무리 지위가 높아져도 위태하지 않고,
예절과 법도를 삼가 지키면 아무리 재물이 가득해도 넘치지 않는다.
냉정한 눈으로 사람을 보고, 냉정한 귀로 말을 들으며,
냉정한 마음으로 도리를 생각하라.

— 처칠

친구를 초대하거나 방문할 때의 예절

친구를 초대한다는 것은 좋은 일이다. 파티는 집안에 활기가 넘치게 만든다. 그때 당신은 주인으로서 매우 분주할 것이다. 깨끗한 방, 아름다운 꽃 장식, 감미롭고 은은한 음악, 음식 준비, 손님 맞이 등등.

파티는 비용이 좀 들기는 하지만, 당신과 친구 사이를 더욱 가깝게 하는 데 매우 좋은 방법이다. 다음은 친구들을 초대할 때 지켜야 할 몇 가지 원칙이다.

첫째, 초대할 손님을 신중히 선택하라. 초대받은 손님들끼리의 관계도 고려해 보아야 한다. 서로 잘 어울릴 수 있는 사람들끼리 모이도록 배려해야 하는 것이다.

둘째, 시간을 정확히 정하고 그들로 하여금 시간을 꼭 지키도록 하라. 도착 시간과 파티 시작 시간, 끝나는 시간, 귀가 시간 등을 예상해 미리 알려 주어라. 함께 초대된 사람들이 누구인지도 알려주는 것이 좋다.

셋째, 당신의 입장이 결정되어야 한다. 즉 뒷바라지만 할 것인가, 손님과 함께 파티를 즐길 것인가 하는 문제이다. 혼자서 두 가지 역할을 다 할 수는 없다. 또한 손님들이 직접 음식을 가져다가 먹게 할 것인지, 아니면 초대한 측에서 가져다줄 것인지를 분명히 정해야 한다.

넷째, 손님들을 주의깊게 살펴라. 혼자 외톨이로 떨어져 있는 손님이 있다면 다가가 따뜻한 이야기를 건네도록 하라. 그것은 매우 중요한 일이다. 어느 파티에서나 그런 사람이 한두 명은 꼭 있기 마련이다.

다섯째, 초대 손님이 많거나 서로 모르는 사이들일 경우에는 그들을 소개하는 시간을 가져라.

그렇다면 당신이 손님으로 초대받았을 경우에는 어떻게 할까?

우선 당신은 사소한 걱정을 버려야 한다. 가령, 초대장은 형식일 뿐 실제로는 내가 참석하는 것을 원치 않는 것은 아닐까 하는 쓸데없는 걱정은 버려라.

물론 그렇다고 해서 모든 초대에 다 응하라는 것은 아니다. 그 결정은 당신 스스로가 할 일이다. 단, 미리 연락을 해주는 게 좋다. 사정이 있어 못 가게 되었거나, 또는 가고 싶지 않을 때에도 상대방의 마음이 상하지 않도록 성실한 태도로 솔직하게 얘기하라.

일단 파티에 참석하고 나서는, 당신이 내성적인 성격의 소유자라면 소외감이 들지도 모른다. 하지만 용기를 가져라. 우선 대화할 사람부터 찾아보는 것이다. 어느 파티이건 당신처럼 외톨이로 있으면서 누군가 대화할 상대를 찾고 있는 사람이 있기 마련이다. 재미있게 어울리고 있는 그룹 속에 억지로 끼어들려고는 하지 말라. 언제 어디서든 자연스럽고 우아한 행동이 배어나야 한다.

반대로 별로 마음에 들지 않는 상대에게 오래 붙들려 있을 수도 있다. 그럴 때는 실례가 되지 않도록 조심스럽게 그로부터 빠져나온다.

파티가 끝나고 집으로 돌아올 때 혹은 파티 중에라도 주최자에게 꼭 찬사의 말을 건네라. 만일 그 때를 놓쳤다면 귀가 후나 다음 날 전화를 걸어 고마움을 표하도록 하라.

불가에서 말하는 네가지 부류의 친구

꽃과 같은 친구. 꽃이 피어 예쁠 때는 그 아름다움에 찬사를 아끼지 않는다. 하지만 꽃이 지고 나면 돌아보는 이 하나 없듯이, 자기 좋을 때만 찾아오는 친구이다.

저울과 같은 친구. 저울은 무게에 따라 이쪽으로 또는 저쪽으로 기운다. 그처럼 나에게 이익이 있는가 없는가를 따져 이익이 큰 쪽으로만 움직이는 친구이다.

산과 같은 친구. 산이란 온갖 새와 짐승의 안식처이며 멀리 보거나 가까이 가거나 늘 그 자리에서 반겨 준다. 그처럼 생각만 해도 편안하고 마음 든든한 친구이다.

땅과 같은 친구. 땅은 뭇 생명의 싹을 틔워주고 곡식을 길러내며 누구에게도 조건 없이 기쁜 마음으로 은혜를 베풀어준다. 한결같은 마음으로 지지해주는 친구이다.

진실한 친구는 친구의 앞날을 걱정하고,
진실한 친구는 가장 아름다운 조언을 해준다.
진실한 친구는 따뜻한 마음으로 배려를 하며, 바로 땅과 같이 포용한다.

Chapter 5

연인과의 멋진 만남을 위한 비결

chapter 5

이성과 만남에서 주의해야 할 몇 가지 에티켓

상황에 따라 센스 있게 적절히 대응하라

연인을 돋보이는 남성으로 만드는 방법

특별한 날을 기억하고 마음이 담긴 선물을 하라

데이트는 언제나 즐거운 마음으로 하라

연인과 있을 때는 상대를 위해 최대한 배려하라

함께 즐길 수 있는 취미를 개발하라

당신의 연인이 성공할 수 있도록 협조자가 되라

싸울 때는 감정을 절제하고 요령있게 싸워라

마음의 문을 열고 고민을 들어줘라

진실한 만남은 인생을 풍요롭게 한다

헤어지자는 말을 들었을 때는 냉정히 대처하라

상대의 좋은 면, 장점만을 보라

사랑에도 인내가 필요하다

이성과의 만남에서 주의해야 할 10가지 에티켓

옛날에 비해 오늘날은 개방적인 이성간의 만남이 활발해지고 있다. 배우자를 선택하는 문제에 있어서도 옛날 같으면 부모의 선택권이 당사자보다 우선이었고, 이성간의 혼전 만남이란 죄악시되었다. 그러나 요즘은 그 반대이다. 연애 한번 못해 본 사람은 어떤 문제가 있는 사람으로까지 생각될 정도이다. 그만큼 세상은 바뀌고 사람들의 사고방식 역시 개방적이 되었다.

그에 따라 남녀간의 만남에서 무분별한 행동이 연출하는 꼴불견도 한두 가지가 아니다. 만남이 잦아지고 서로 대화할 수 있는 기회가 많아짐에 따라 교양을 한눈에 알아볼 수 있다. 만나서 이야기를 나누는 동안에 상대방의 언어와 행동을 통해 그가 가진 지적 수준을 평가할 수 있는 것이다.

따라서 지적이고 교양있는 여성이라면 적어도 '만남의 예절' 정도는 지켜야 한다. 다음은 이성간의 만남에서 여성이 꼭 주의하여야 할 몇 가지 에티켓이다.

첫째, 남자 친구와 애인을 혼동하지 말라. 친구로서의 교제와 연애를 구분하지 않음으로써 빚어지는 불상사는 결코 자신의 장래에 이득이 되지 못한다.

둘째, 이성과의 교제는 개방적인 것이 좋다. 흔히 여성의 입장에서는 남몰래 연애를 하려는 경우가 많은데, 결국 이것은 자신에게 손해를 가져다줄 뿐이다. 믿음직한 상대를 고르는 일도 중요하지만 개방적인 교제는 더더욱 바람직하다.

셋째, 데이트 비용은 함께 부담하는 것이 좋다. 남성에게만 부담시키면 이기적인 여성으로 보일 염려가 많다.

넷째, 이성을 만날 때는 위험한 장소, 위험한 시간을 피하도록 하라. 밀폐된 장소나 사람들의 발길이 드문 한적한 숲속, 밤이 깊어 귀가하기 어려운 시간 등은 피해야 한다. 혼전에 발생하는 모든 문제의 책임은 주로 여성에게 돌아간다는 사실을 명심하도록 하라.

다섯째, 남성 혼자만 살고 있는 아파트나 하숙집 같은 곳에 들어가지 말라. 특히 밤 늦게 남성의 집을 방문하는 일은 삼가라. 자기 혼자 살고 있는 곳에 남성을 오게 하는 것 역시 바람직하지 못한 일이다. 부득이한 사정으로 남성이 혼자 사는 방에 갈 경우에는 용무가 끝날 때까지 문을 열어 놓도록 하라.

여섯째, 남성에게 자신의 허점이나 단점을 노출시키지 마라. 요란스러운 복장이나 지나치게 화려한 화장은 피하는 게 좋다. 항상 단정한 옷차림과 정숙한 태도를 보여라.

일곱째, 성에게 지나치게 친절을 베푸는 것은 역효과를 낳는다. 남성이 오해할 수도 있기 때문이다.

여덟째, 자신의 가정 환경이나 학력, 지식 등을 내세우면서 우쭐대지 말라. 상대는 오히려 경멸할 것이다.

아홉째, 너무 고상한 체하지 말라. 고상한 체하는 여성일수록 허영심이 많다. 남성들은 고상한 체하는 여성들을 싫어하는 경향이 있다.

열째, 남성과 대화하는 동안에 현실적으로 공감할 수 있는 화제를 선택하라. 영화나 소설 속에서처럼 심각한 결혼의 환상에 빠져 있는 듯한 이야기는 공감대를 형성할 수 없다. 사실 그런 식으로 얘기하는 여성일수록 허영심으로 가득차 있는 경우가 많다.

이성간의 만남에서는 사소한 일로 인하여 서로 오해하거나 잘못 평가하는 일이 많다. 작은 일에서부터 상대방을 이해하고 세심하게 신경써 준다면 결코 후회하지 않는 만남이 이루어질 수 있을 것이다.

상황에 따라 센스 있게 적절히 대응하라

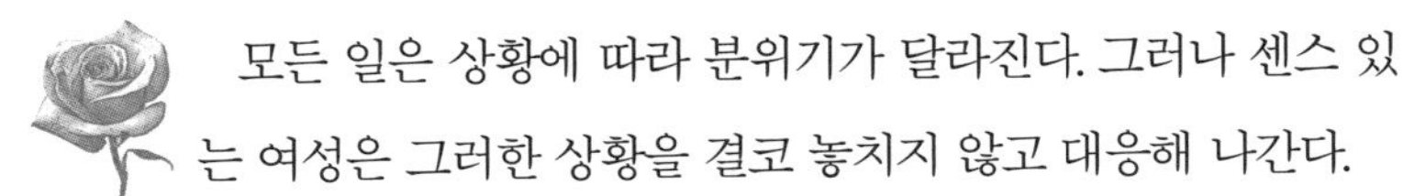

모든 일은 상황에 따라 분위기가 달라진다. 그러나 센스 있는 여성은 그러한 상황을 결코 놓치지 않고 대응해 나간다.

예를 들어 당신이 식사에 초대된 경우라면, 무엇보다도 음식을 맛있게 먹어 주는 것이 최대의 값진 인사이다. 당신을 손님으로 접대하는 사람 입장에서는 음식이 당신의 입맛에 맞을지 매우 신경쓰일 것이기 때문이다. 그때 당신이 음식을 먹는둥마는둥 하는 인상을 주게 되면 접대하는 쪽에서는 매우 난처할 것이다.

그러므로 음식을 먹을 때는 가능한한 맛있게, 밝은 표정으로 먹도록 하라. 그런데 양이 많아서 부득이하게 음식을 남겨야 할 때는 억지로 다 먹을 필요는 없다. 깔끔하게 남기는 예의 정도만 지키면 된다.

그리고 상대의 집을 방문할 때는 현관에서 가볍게 인사하고, 안내받아 들어간 장소에서 다시 정식으로 인사하는 것이 예의이다. 어른들을 뵙고 돌아갈 때도 같은 방법으로 공손하게 인사한다.

이것은 집을 방문할 때뿐만 아니라 사무실, 혹은 커피숍 등에서 윗사람을 만날 때도 마찬가지다. 문을 열고 들어서면서 처음 눈이 마주쳤을 때는 가볍게 목례 정도만 하고, 자리에 앉았을 때 정식으로 인사를 드리는 게 좋다.

또 한 가지 잊지 말아야 할 것은 매우 가깝게 지내는 연인 사이라 하더라도 부모님 앞에서는 반드시 경어를 사용해야 한다는 점이다. 우리는 흔히 친구처럼 대하는 것이 거리감을 없애는 방법이라고 생각해 부모님 앞에서도 평소처럼 대화를 나누기 쉽다. 그러나 어른들 입장에서는 경우도 모르는 못 배운 태도로 보일 수 있기 때문에 그러한 행동은 주의해야 한다. 이름을 부를 때에도 이름 뒤에 '씨' 자를 붙여 불러야 하며, 하대를 하거나 별명을 부르는 일은 절대로 삼가야 한다.

둘이 있을 때에는 분위기에 따라 서로 어떻게 부르든 상관없다. 하지만 당신이 센스 있는 여성이라면 여러 사람들 앞에서 특히 부모님이나 윗사람 앞에서 당신의 연인을 가볍게 대하는 듯한 인상을 심어 주지는 않을 것이다.

둘만의 대화보다는 전체 분위기에 신경 쓰라

여러 사람과 함께 있을 때는 아무리 커플이라도 너무 개별 행동을 하는 것은 좋지 않다. 공통의 화제를 이끌어내 다 같이 대화할 수 있는 분위기를 만들도록 하라. 계속해서 둘이서 귓속말을 하거나 둘만 알아들을 수 있는 얘기를 하는 것은 그야말로 주변 사람들을 고려하지 않는 매너 없는 행동이다.

연인을 돋보이는 남성으로 만드는 방법

당신의 연인이 당신을 만난 후에 멋진 남자로 변화한다면 그의 곁에 있는 당신은 자연히 멋있는 여자가 될 것이다.

현대 사회는 직장에서든 어디에서든 자기 일만 열심히 잘 한다고 해서 인정받는 것이 아니다. 성공하는 사람의 조건은 단순히 실력의 우위뿐만 아니라 남에게 얼마나 강력한 이미지를 심어주느냐에 따라 달라지기 때문에 적절한 이미지 관리와 자기 연출이 필요하다. 대인관계를 비롯하여 성격, 표정, 말씨, 몸매, 옷차림, 헤어스타일 등…….

그러나 정작 본인은 자기 자신의 어떤 부분에 문제가 있는지 잘 모르고 지내는 경우가 많다. 그러므로 가까이 있는 당신이 충고해 준다면 상대에게 많은 도움이 될 것이다.

첫째, 매력있는 남성으로 만든다.

뚱뚱하거나 배가 나온 남성은 움직임이 둔하고 게을러 보이기 쉽다. 반대로 균형잡힌 몸매의 남성은 야무져 보이고 남성적인 파워도 넘쳐 자기 관리를 잘 하는 빈틈없는 사람으로 보인다. 그러므로 평소에 규칙적인 운동으로 튼튼하고 보기 좋은 체형을 가꿔나가도록 충고한다.

둘째, 여유있는 표정을 짓도록 한다.

대부분의 남성들은 치열한 경쟁사회 속에서 긴장하며 지내는 시간이 많기 때문에 자칫 여유를 잃어 버리기 쉽다. 그러므로 연인에게 항상 웃음띤 얼굴, 여유있는 표정을 권유한다.

셋째, 언제나 밝고 차분한 음성으로 말하도록 충고한다.

대개 음성은 선천적으로 타고나는 것으로 생각하는 사람이 많은데, 끊임없는 노력으로 성격을 변화시킬 수 있듯이 목소리도 얼마든지 멋지게 개발해낼 수 있다. 평소 짜증스런 목소리나 피곤한 음성을 자제하고 목소리에 생동감을 불어넣도록 한다. 낮은 톤의 음성은 호소력이 강하다는 사실도 잊지 말라.

넷째, 의상은 화려하지 않으면서도 깔끔하고 돋보이게 입도록 하라.

예를 들어 양복, 와이셔츠, 넥타이 중 두 가지는 잔잔한 톤으로 통일하고, 나머지 하나는 패턴이 있는 것으로 선택하는 것이 요령이다. 즉, 선호하는 색상에 액센트를 주어 조화를 이루게 한다.

마지막으로 가장 중요한 것은 그때그때 분위기에 맞게 연출해야 한다는 사실이다.

위의 몇 가지 사항들이 조화를 이룰 때 당신의 연인은 돋보이는 남성이 될 것이다.

특별한 날을 기억하고 마음이 담긴 선물을 하라

잊고 지날 뻔했던 생일날 사랑하는 사람으로부터 장미꽃 한 다발에 '당신의 날을 축하해요.' 라는 축하 메시지를 받는다면 그 무엇과도 비교할 수 없는 큰 기쁨을 맛볼 것이다. 그것은 연인에 대한 관심과 애정과 축하가 한데 어우러진 진실한 마음이 전달되었기 때문이다.

그런데 대부분의 사람들은 선물을 할 때 '선물을 위한 선물' 을 하는 경우가 많다. 예를 들자면 금액을 먼저 정해 놓고 돈에 맞추어 물건을 구입하는 식이다. 이런 경우에는 상대에게 진심으로 무엇인가를 주고 싶어서 하는 선물이 아니라 선물을 해야 하기 때문에 어쩔 수 없이 물건을 준비해야 하는, 주객이 전도된 결과가 되고 만다. 그러므로 선물을 할 때는 절대로 금액에 연연하지 말아야 한다. 선물에는 돈으로는 계산될 수 없는 그 이상의 의미가 담겨 있어야 하기 때문이다.

예를 들어 좋은 선물이란, 돈만 주면 누구나 구입할 수 있는 백화점에 잘 진열된 값비싼 물건이 아니라 상대방의 특별한 날을 기억하고 진심으로 축하해 주는 것이 그 목적이어야 한다. 또한 선물의 소재는 그날의 의미에 맞게 정성이 듬뿍 담긴 것이어야 한다. 따라서 적은 금액으로 준비한 선물이라고 상대가 섭섭해하지 않을까 하고 생각하는 것은 어리석은 일이다.

인간은 누구나 자기가 좋아하는 특별한 것이 있다. 그 기호를 상대가 알아줄 때 무엇보다도 큰 기쁨을 느끼게 되고, 상대에게 친근감을 느낄 것이다. 그러므로 평소에 세심한 관심으로 그 기호를 알아두는 것도 당신의 센스이다. 이렇듯 선물은 어디까지나 당신의 마음과 센스를 전하는 것이다. 따라서 굳이 무리한 돈을 들여 준비할 필요는 없다.

수많은 책 중에서 당신의 생각을 전할 수 있는 의미있는 한 권의 책이라든지, 작지만 상대에게 꼭 필요한 물건이라면 당신의 마음이 그대로 담겨 있어 더없이 빛나는 선물이 될 것이다.

선물은 마음을 표현하는 언어이다. 감사, 사랑, 존경의 마음을 표현하는 언어이다. 선물은 받는 것만큼이나 주는 즐거움이 있다. 선물을 준비할 때 이 선물을 받으며 기뻐하는 모습을 상상하는 것은 선물하는 이의 가장 큰 즐거움이다.

하지만 무엇보다도 중요한 것은 연인의 특별한 날, 그날을 기억해 주고 함께 기뻐해 주는 애정어린 모습, 그것이 곧 무엇과도 바꿀 수 없는 센스 있는 선물이다.

데이트는 언제나 즐거운 마음으로 하라

기다림은 인간에게 설레임과 기대를 동시에 가져다준다. 특히 사랑하는 사람과의 약속이라면 더욱 그러할 것이다.

그러나 인간에게는 언제나 즐겁고 낭만적인 일만이 계속되는 것은 아니다. 때로는 번민에 쌓여 괴로운 날도 있을 것이고, 이유 없이 우울해지는 날도 있을 것이다. 당신도 한 번쯤은 경험했겠지만 그런 날은 누구와 대화하는 것조차도 귀찮게 느껴지는 법이다.

그런데 공교롭게도 그런 날 당신의 연인과 데이트 약속이 되어 있다면, '오늘은 기분이 우울하니까 약속을 취소하자.' 고 말하기도 난처하고 곤란한 일이 아닐 수 없다. 하는 수 없다고 체념하듯 어두운 표정으로 약속 장소에 나간다면 두 사람의 만남이 즐거울 리 없다. 상대방은 당신의 어두운 표정을 눈치채고, 혹 나쁜 일이라도 생긴 것은 아닐까 하는 걱정 때문에 두 사람의 만남은 결국 어두운 분위기가 되어 버리고 말 것이다.

그러므로 컨디션이 좋지 않은 날에는 외출하기 전에 거울을 들여다보며 자신의 표정을 살필 필요가 있다. '비가 오거나 흐린 날에는 오히려 화사한 옷차림으로 외출하라.'는 말처럼 우울한 날에는 다른 날보다 더 경쾌하게 움직여 보는 것이다.

다소 의도적이어도 좋다. 눈에 띄는 옷으로 차려입고, 평소보다 좀 화려하게 화장을 하고 외출해 보라. 그리고 애써 즐거운 일, 황홀했던 기억을 떠올리며 경쾌하게 행동해 보라. 쇼 윈도에 비친 자신의 화사한 모습을 보면, 자신도 모르는 사이에 어두운 감정은 사라지고 평소와 다름없이 밝은 마음이 될 것이다.

인간은 자신의 잠재의식 속에 즐겁고 좋은 이미지를 반복적으로 심어주면 신기하게도 그 이미지대로 마음이 즐거워지는 법이다. 그러나 우울한 생각을 계속하다 보면 한없이 미궁으로 빠져들고 만다.

당신이 지혜로운 여성이라면, 사랑하는 연인이 당신과 함께 지내는 동안 불안하거나 불쾌감을 느끼게 만들지는 않을 것이다. 그러기 위해서는 자신이 먼저 즐거워져야 한다는 사실을 기억하라.

행복은 행복한 마음에서 나온다

모든 사람은 행복을 추구한다. 내 마음이 너그럽고, 여유롭고, 행복하면 남에게도 행복을 줄 수 있다. 불행의 씨앗은 불행한 곳에서 움트고, 행복은 행복한 마음에서 온다. 사랑은 사랑하려는 의지에 달려 있고, 행복은 우리 자신의 선택에 달려 있다. 선택에 따라 행복할 수도 있고 불행할 수도 있다. 우리가 미워한 만큼 불행하고, 사랑한 만큼 행복해지는 것이다.

연인과 있을 때는 상대를 위해 최대한 배려하라

당신이 연인과 함께 있을 때는 당신으로 인해 상대가 불편함을 느끼지 않도록 최대한 마음을 써야 한다.

가령, 연인과 함께 거리를 거닐던 중 혹은 커피숍이나 음식점 등에서 뜻하지 않게 아는 사람을 만나는 경우가 있을 것이다. 그때 자칫 잘못하다가는 두 사람 사이에서 우왕좌왕하게 되기 쉽다.

만일 당신이 연인을 길거리에 세워둔 채로 그 사람과 이런저런 얘기를 나눈다면, 당신의 연인은 한켠에 우두커니 서서 얘기가 끝날 때만을 기다리고 있어야 할 것이다. 또한 당신과 얘기를 나누고 있는 상대도 우두커니 서서 기다리고 있는 당신의 연인에게 신경쓰여 건성으로 얘기하게 될 우려가 있다. 이 얼마나 어리석은 일인가. 바로 상대를 위한 당신의 배려가 없었기 때문이다.

데이트 도중 아는 사람을 만났을 때는 먼저 자연스럽게 당신의 연인을 소개시키는 것이 예의이다. 소개도 시키지 않은 채 자신들끼리 얘기를 주고받는다면, 당신의 연인은 소외감을 느낄 뿐만 아니라 불쾌한 감정마저 생길 것이다.

또한 한참을 우두커니 서 있게 내버려 두었다가 뒤늦게야 생각났나는 듯이 인사를 시키는 것은 더욱 예의에 어긋나는 행동이다.

연인과 동행중에 길거리에서 아는 사람을 만났을 때는 가능한한 간단하게 인사 정도만 건네고 헤어지는 것이 좋다. 그러나 부득이하게 얘기가 길어질 경우에는 먼저 당신의 연인에게 양해를 구하고 기다려달라고 부탁하는 것이 그에 대한 예의이다.

반대로 데이트 도중 상대방의 아는 사람을 만났을 경우에는 신속하게 분위기를 파악할 필요가 있다. 예를 들어 두 사람의 대화가 쉽게 끝날 것 같지 않을 때는 인사를 마치고 특정 장소를 정해 그곳에서 기다려 주는 아량을 베풀도록 하라. 이처럼 당신이 재빨리 센스있게 행동해준다면, 두 사람은 아무런 부담 없이 편안하게 대화를 마무리지을 수 있게 되고 당신은 센스 있는 여성으로 인정받게 될 것이다.

사랑하는 연인이 참을 수 없는 연애습관

1. 내게 점점 무관심해진다.
2. 자꾸만 눈에 보이는 거짓말을 한다.
3. 내 생각은 하지 않고 자기만 생각한다.
4. 예전에 만났던 애인이랑 비교한다.

함께 즐길 수 있는 취미를 개발하라

함께 즐길 수 있는 공동 취미를 갖는다는 것은 인간과 인간을 밀접하게 연결시켜 주는 요인으로서 두 사람의 인간 관계를 더욱 돈독하게 해준다. 뿐만 아니라 일체감을 느낄 수 있는 기회가 많아져 서로를 보다 깊이 이해하게 된다. 그러므로 사랑하는 연인끼리 같은 취미를 갖는다는 것은 두 사람이 즐거운 시간을 보낼 수 있는 좋은 방법인 셈이다.

특히 사랑하는 연인 사이에는 만나는 횟수가 잦아지고 함께 지내는 시간이 길어짐에 따라 분위기가 감정적으로 흐르기 쉽다. 그럴 때 함께 운동을 하거나 작품 활동을 즐기는 등 공동 취미를 갖는다면 서로에게 유익한 시간이 될 것이다.

그러나 공동 취미를 선택할 때는 신중을 기해야 한다. 한 사람에게 치우쳐서 선택하면 얼마 가지 못해 다른 한쪽이 싫증을 낼 수 있기 때문이다. 그러므로 공동 취미를 선택할 때는 상대방의 취미에 서로 약간의 기초 지식을 쌓은 다음 함께 시도해 보고 선택하는 것이 이상적인 방법이다.

취미 생활은 생활의 여유를 갖고 긴장을 푸는 데 그 의의가 있다. 따라서 생활의 리듬을 깨지 않는 범위 내에서 행해져야 한다.

일요일이면 낚시나 골프를 즐기러 혼자 떠나는 남성들이 많다. 그들의 아내들은 주말이면 낚시터나 골프장으로 나가는 남편들을 못마땅하게 여긴다. 그러나 불평을 하기 전에 함께 즐길 수 있는 공동 취미를 찾아 남편을 동참시키거나 남편의 취미 생활에 자신이 동참하는 것도 바람직한 일일 것이다.

그리고 당신의 연인이 어떤 일에 몰두하여 평소와 달라졌더라도 자신에게 신경써 주지 않는다고 불평하지 말라. '혹시 마음이 변한 게 아닐까, 다른 애인이 생긴 것은 아닐까?' 하고 불안해 할 필요는 없다.

때로는 남성도 혼자 있고 싶을 때가 있는 법이다. 혼자 있기를 원한다고 해서 당신을 사랑하지 않는 것은 결코 아니라는 사실을 알아야 한다. 그 시간을 절대 방해하지 말라.

남성들은 대부분 사랑하는 연인이라 하더라도 지나치게 자신에게 의존하는 듯한 인상을 받으면 부담을 느낀다. 그러므로 때때로 서로를 돌아볼 수 있는 시간을 갖는 것도 필요하다.

당신의 연인이 성공할 수 있도록 협조자가 되라

인간은 누구나 자신의 애인 혹은 결혼 상대자가 누구보다 훌륭한 사람이기를 기대한다. 그것은 친구나 친지의 파트너보다 더욱 돋보여야 한다는 비교 심리에서 비롯된 대리만족 같은 것이다.

인간은 누구나 양면성을 가지고 있다. 실제의 자기와, 어떤 사람이 되고 싶다고 생각하고 추구하는 이상형의 자기가 바로 그것이다. 당신이나 당신의 파트너도 이 점에서는 예외가 아닐 것이다.

그렇다면 누구와 비교해서 혹은 어느 한 사람의 대리만족을 위해서가 아니라, 자기 자신이 추구하는 이상형에 가까워지기 위해 노력하는 것이 현명한 태도가 아닐까?

당신은 목표를 향해 달리는 당신의 파트너에게 협조자가 되어야 한다. 그러기 위해서는 어떻게 해야 할까?

첫째, 남과 비교하여 자신감을 꺾게 하는 언행을 하기보다는 그가 가진 능력을 찾아내 개발시켜 주도록 하라. 그리고 그의 가치를 인정하고 칭찬을 아끼지 말라. 설사 그 칭찬에 약간의 과장이 섞인다 해도 상관없다. 자신을 인정해 주는 당신에게 실망을 안겨주지 않기 위해서라도 몇 배의 노력을 하게 될 것이기 때문이다.

둘째, 시대에 걸맞는 신세대 사고를 갖게 하라. 현대 사회는 시시각각으로 변하고 있다. 그러므로 정보에 민감하지 않고서는 경쟁사회의 발빠른 변화를 따라갈 수 없다. 예를 들어 컴퓨터 시대에 살면서 펜과 종이로 업무를 처리한다면 능률이 떨어지듯이, 전근대적인 사고방식으로 현대를 살아간다면 그만큼 시대에 뒤떨어지는 사람이 될 것이다. 그러므로 정보에 민감하게 대처해 나가도록 협조해야 한다.

셋째, 시사에 밝은 사람이 되게 하라. 무슨 일을 하든 시사에 어두운 사람은 시간적・경제적으로 손해를 볼 수밖에 없다. 그러므로 최소한 신문을 매일 읽고, 자신의 전문 분야를 공부해야 한다.

이상의 조건을 갖출 수 있도록 파트너인 당신이 곁에서 최대한 협조할 때 이상적인 신세대 커플이 될 수 있을 것이다.

좋은 연인관계를 만드는 비결

- 혼자서도 행복하라. 데이트를 하지 않아도 스스로 행복할 수 있어야 한다.
- 서로에게 진실하라. 서로에게 솔직하면 상처나 갈등이 쉽게 해결된다.
- 과거를 되풀이하지 말라. 똑같은 실수를 저지르면 새로운 사랑마저 떠나게 된다.
- 변화를 시도하는 사람을 신뢰하라. 잘못을 솔직히 고백하고, 변화하려고 노력하는 모습을 보여줄 때 사랑은 깊어진다.

싸울 때는 감정을 절제하고 요령있게 싸워라

오랜 기간 동안 만남을 유지하다 보면, 아무리 사랑하는 사람 사이라도 종종 의견 충돌이 생길 수 있다. 때로는 사랑하는 사람에 대한 지나친 기대가 깨져서일 수도 있고, 혹은 사고방식의 차이에서 오는 것일 수도 있다.

그럴 경우 한쪽이 무조건 참아 준다거나 한쪽의 일방적인 승리로 끝난다면, 두 사람 사이의 문제점은 영원히 개선되지 않을 것이다. 상대의 잘못을 '사랑하니까 내가 이해해야지.' 하고 무조건 혼자서 감당하는 것은 이제 더 이상 여성의 미덕이 아니다. 평생 동안 아무런 불평 없이 감수할 수 있는 각오가 되어 있다면 또 모르지만……. 그러므로 어떤 문제점에 부딪혔을 때는 피하지 말고 맞서서 해결하는 것이 가장 현명한 방법이다.

이때 가장 주의할 점은 감정을 절제하는 일이다. 일단 감정이 격해지면 싸움을 위한 싸움이 되기 쉽다. 따라서 서로 최소한의 예의는 지키면서 이성적으로 소득있는 싸움을 해야 한다. 이런 싸움의 목적은 승패를 가리는 데 있지 않고, 더욱이 승복을 받기 위한 것은 더더욱 아니니다. 서로 다른 생각을 좁혀서 합의점을 찾아내는 데 그 의미가 있는 것이다. 따라서 싸움에도 요령이 있다.

첫째, 최소한의 예의는 지킨다. 감정을 앞세워 싸우다 보면 상대의 자존심에 치명적인 상처를 입히거나 폭언을 하는 경우가 있다. 한번 받은 상처는 좀처럼 치유되기 어렵기 때문에 이성적으로 싸워야 한다.

둘째, 싸움은 싸움으로 끝낸다. 대부분 싸움이 시작되면 그동안 쌓였던 스트레스를 한꺼번에 폭발시키는 경우가 많다. 그렇게 되면 서로 감정 싸움으로 비화되기 쉽다. 그러므로 의견이 서로 다른 부분의 합의점을 찾는 것이 그 목적이어야 한다.

셋째, 건설적인 결말을 맺는다. 싸움을 할 때는 동등한 입장에서 논쟁하도록 한다. 그러나 결말은 반드시 서로 잘못된 부분을 양보함으로써 건설적인 타협이 되게 해야 한다.

남자친구와 다툴 때의 주의사항

전화로 싸우는 일은 가급적 피해야 한다. 서로의 표정을 보지 못한 채 얘기하므로 오해의 소지가 더 커질 뿐만 아니라 극단적인 말이 오가기 쉽다.
싸울 때는 얼굴을 보고 하되 왜 화가 났는지 정확하게 짚어 얘기해 주는 것이 좋다.
화가 났다고 무조건 입을 다물어 버리는 것은 상대방을 더 화나게 하는 행동이다.

마음의 문을 열고 고민을 들어줘라

인생을 살아가면서 대화로 해결되지 않는 일이란 없다. 정말 사랑하는 사이라면 기쁜 일은 물론 어려운 일도 함께 공유하며 슬기롭게 위기에 대처해 나갈 수 있어야 한다. 그러기 위해서는 먼저 상대의 말에 귀기울일 줄 알아야 한다.

어느 심리학자는 이렇게 말했다.

"여자가 할 수 있는 가장 훌륭한 내조의 하나는 누구에게도 이야기할 수 없는 남자의 근심거리를 귀기울여 들어주는 것이다."

기쁜 얘기든 슬픈 얘기든, 해결책이 있든 없든, 함께 문제를 의논하고 얘기를 나눌 수 있는 상대가 있다는 것, 그것만으로도 얼마나 큰 위안이 되겠는가.

당신의 연인이라고 해서 혼자 힘으로 극복하기 어려운 일에 봉착하지 않는다고 단언할 수는 없다. 그가 절실히 누군가를 필요로 할 때 당신이 가장 적합한 상대가 될 수 있어야 한다. 물론 가족이나 친구, 직장 동료 등 그의 주위에도 대화를 나눌 만한 사람은 많을 것이다. 그러나 그들에게 털어놓을 수 없는 일 또한 있을 것이다.

그가 고민거리를 가지고 당신을 찾아왔을 때는 애정을 가지고 그의 고민에 귀기울여라. 그리고 두 사람의 마음을 합쳐서 해결책을 모색하는 것이다.

인간 관계의 교류는 상대를 이해하는 데서부터 시작된다. 따라서 상대방을 이해하지 못하면, 좋은 책을 갖고도 읽지 않는 것과 마찬가지다. 대화에 있어서도 당신이 진심으로 상대를 대하면 상대방은 진솔하게 마음을 털어놓지만, 공격적인 자세를 취하면 상대방도 자신을 방어하기 위해 더 강하게 공격하는 법이다.

마음의 문을 열고 상대를 맞이하라. 마음의 문을 열지 않고 나누는 대화는 상대가 더 이상 접근하지 못하도록 자신을 방어하는 말장난에 불과하다. 마음의 문을 열고 진솔하게 서로의 마음을 받아줄 때 두 사람만의 공감대가 형성될 것이다.

상대방의 눈높이에서 바라볼 때 상대도 마음의 문을 연다

모든 문은 억지로 열 수 있다. 하지만 마음의 문은 절대로 억지로 열 수 없다. 마음의 문 고리는 안에 있기 때문이다. 따라서 안에서 먼저 문을 열기 전에는 상대의 마음에 결코 들어갈 수 없다. 그렇다면 상대의 마음을 어떻게 열 수 있을까? 그것은 상대를 배려하는 것이다. 상대를 배려하고 이해하여 공감대를 형성하면 마음의 문은 저절로 열리게 될 것이다. 상대방의 눈높이에서 바라볼 수 있는 것, 그것이 바로 사람의 마음을 여는 키(key)이다.

진실한 만남은 인생을 풍요롭게 한다

당신은 얼마나 많은 사람들과 인간 관계를 유지하고 있는가? 그리고 얼마나 진실하고 깊이있게 교류하고 있는가?

당신이 알고 있는 사람들을 손꼽는다면 헤아릴 수 없을 정도로 많을 것이다. 학창 시절 친구, 직장 동료, 혹은 사회에서 만난 사람, 이웃…….

그러나 대부분의 사람들이 그렇듯이, 많은 사람들이 당신 주위를 맴도는데도 정작 당신이 누군가를 절실히 필요로 할 때에는 주위에 아무도 없음을 느낀 적이 있을 것이다. 그래서 인간은 어느 순간 갑자기 외로움에 빠지거나 무수히 많은 인파 속에 홀로 남겨진 듯한 고독한 자아를 발견하게 된다.

나를 이해해줄 진실한 친구, 나를 사랑하고 아껴줄 연인이 있다는 것은 그만큼 삶을 빛나게 한다. 그래서 인간은 함께 나누고 힘을 합칠 수 있는 자신의 반쪽을 찾기 위해 필사적으로 노력하는 것이다.

타인의 모습으로 주위를 맴돌다 멀어져간 사람이 아니라 연인이라든가 진실한 친구, 혹은 그 이상의 만남을 갖는다는 것은 일생을 두고 손꼽을 수 있을 정도이다. 그러한 만남은 처음부터 정해져서 다가오는 것은 아니다. 대부분 우연히 다가왔다가 서로 마음이 통하고 진실이 느껴졌을 때 결정적으로 가까워지게 되는 것이다.

그런 만남은 인생을 더없이 풍요롭게 하고 활기에 넘치게 만든다. 하지만 진실이 깨어진 만남은 기쁨 못지 않은 잔혹함이 내재되어 있어 실망을 안겨주고 상처를 입힘으로써 평탄하게 걸어온 자아를 한순간에 무너뜨리기도 한다. 따라서 누군가를 만나는 일도 중요하지만, 그 만남을 잘 지켜나가는 일은 더욱더 중요하다.

사실 타인과 타인이 만나 마음을 열고 사랑하면서 산다는 일이 아무런 희생 없이 얻어지는 것은 아니다. 마음 가득 진실을 담아야 비로소 가능한 일이며, 그 마음으로 상대를 아껴주고 감싸주어야 한다. 그리고 때로는 상대를 위해서라면 기쁜 마음으로 스스로 희생할 수 있는 마음의 자세가 되어 있어야 한다.

상대방에게 관심을 가지면 상대도 나에게 관심을 갖게 되듯이, 자신이 먼저 진심으로 상대를 좋아하고 위한다면 상대방도 반드시 나를 좋아하고 아끼게 된다.

먼저 베풀어라. 그리고 당신이 먼저 상대에게 유익한 사람이 되어라. 그러면 당신을 좋아하는 사람들로부터 더욱 열정적인 사랑을 받게 될 것이다.

헤어지자는 말을 들었을 때는 냉정히 대처하라

자기를 누구보다 사랑하고 있다고 확신했던 연인으로부터 헤어지자는 말을 듣는다는 것은 매우 충격적인 일일 것이다. 헤어진다는 것은 결코 생각해 본 적이 없는데, 그것이 현실로 닥쳐왔을 때의 가슴아픔이란, 말로 표현할 수 없을 만큼 감당하기 어려운 일이라는 것은 누구나 짐작할 수 있다. 그러나 현실적으로는 이러한 경우가 빈번히 일어나고 있다. 이런 상황에 놓였을 때는 어떻게 처신하는 것이 좋을까?

사랑하던 두 사람이 헤어져야 하는 이유로는 여러 가지 원인이 있을 수 있다.

첫째, 처음부터 자신의 감정을 속이고 상대를 유혹하기 위해 다가선 경우가 있을 수 있다.

예를 들어, 처음부터 달콤한 언어로 사랑을 속삭이며 여성을 자기 편으로 만든 다음 목적을 달성하고 나면 다른 여성에게로 마음을 옮겨 버리는 남성의 속물적인 사랑에 현혹된 경우이다. 이런 남성들은 거짓 사랑을 속삭일 때에도 매우 지능적이기 때문에 대부분의 여성들은 속아 넘어가고 만다. 그래도 이제 그만 헤어지자고 얘기하는 것은 슬그머니 도망쳐 가는 남성보다는 양심적이라고 할 수 있다.

둘째, 연애를 하는 동안 처음에 생각했던 것과는 달리 서로의 성격이 맞지 않는다는 사실을 발견하여 헤어지는 경우이다.

이때 여성은 사랑에 연연한 나머지 상대의 생각을 미처 눈치채지 못하거나, 눈치챘더라도 헤어진다는 두려움이 앞서 성격상의 차이쯤은 아랑곳하지 않을 수도 있다.

셋째, 처음에는 분명히 여성을 사랑했던 남자가 갑자기 마음이 변해 다른 여성에게로 마음을 옮기고 만 경우이다.

또는 여성을 변함없이 사랑하고 있지만 결혼을 하기에는 너무 많은 장애가 가로막고 있어 주위 사람들의 권유 때문에 사랑보다는 세속적인 평화를 선택해 버린 경우도 있다.

넷째, 상대에게서 부정을 발견한 경우로, 자기 이외의 다른 파트너와 만나고 있다거나 과거에 있었던 스캔들을 알게 되어 헤어지는 경우도 있을 수 있다.

상대에게서 일단 헤어지자는 얘기가 나왔다면, 자신은 어느 경우에 속하는지 냉정하게 생각해 보아야 한다. 헤어지고 싶지 않으면서도 상대에게 그런 말을 듣고는 자존심이 상하여 감정적으로 끝내 버린다거나, 무턱대고 상대를 자기에게 묶어 두려고 안간힘을 쓰는 것은 결코 좋은 결과를 가져다 주지 못한다.

이럴 경우, 먼저 왜 그 사람이 헤어질 생각을 하게 되었는지 속마음을 정확히 파악해 내는 것이 무엇보다 중요하다. 한편 자기 자신의 생각은 어떤가, 정말 헤어지는 것이 싫다면 그 이유는 무엇인가에 대해 객관적으로 판단해 보아야 한다.

물론 자신의 생각과는 상관없이 상대에게 버림받았다는 사실만으로도 자존심에 큰 상처를 입을 수 있다. 그러나 냉정하게 판단해 보아도 헤어지는 것이 현명하다면, 감정 정리가 쉽지 않더라도 차분히 마음을 가라앉히고 시간이 흐르기를 기다려 보라. 정말 사랑하는 사람이라면 이별도 아름답게 할 수 있어야 한다.

그러기 위해서는 가능한한 이성을 되찾고 차분한 마음으로 대화를 해야 한다. 아무리 냉정하게 생각해 보아도 헤어지지 않는 편이 두 사람 모두에게 현명한 일이라고 판단될 때는 다시 대화를 통해 해결하도록 노력해야 한다.

먼저 상대의 기분을 살피고, 상대의 입장에서 생각하면서 대화를 나누다 보면 상대 또한 올바른 판단을 할 수 있는 계기가 될 것이다. 그래서 다행히도 자신의 경솔했던 판단을 반성하고, 두 사람이 다시 시작할 수 있게 된다면, 오히려 더욱 깊은 사랑이 샘솟아 보다 굳게 맺어지는 계기가 될 것이다. 이때 아무리 헤어지고 싶지 않더라도 상대를 추궁한다거나 넋두리를 하거나 저주하면서 상대의 약점을 들추어내는 행위는 삼가해야 한다. 이런 것은 결코 도움이 되지 않는다.

생각해 보라. 그런다고 끊어진 사랑이 다시 이어질 수 있겠는가. 그것은 오히려 돌아서는 발길을 재촉하는 일밖에 안 될 것이다.

이성과 헤어진 후에는 어떻게 할까?

- 선물은 잘 간직하라 : 그에게 받았던 선물은 잘 간직하자. 정 괴롭다면 잘 정리해 따로 보관하거나 차라리 개인적으로 처분하는 것이 좋다. 선물을 돌려주는 것은 상대방에게 또 한번 상처를 입히는 매너 없는 행동이다. 그런 몰지각한 행동으로 당신의 이미지를 더 이상 실추시키지 말자.
- 우연히 마주쳤을 때는 담담하게 : 이성과 헤어진 후 우연히 마주쳤다면, 아무리 마음이 흔들리더라도 일단 담담하게 인사하고 간단한 안부 정도는 묻자. 가능하다면 친구처럼 편하게 대하는 것이 좋다. 일부러 피한다거나 모르는 척하는 등의 유별난 행동은 그뿐만 아니라 주변 사람들까지도 불편하게 만든다.
- 그의 주변 사람들과의 관계는 자연스럽게 정리 : 그와 헤어졌다고 갑자기 그 주변 사람들과의 관계까지 끊어버리지는 말자. 그것은 예의가 아니다. 하지만 헤어진 남자친구 때문에 그들과의 관계가 껄끄러워지는 것은 당연한 일, 아쉽지만 서서히 연락을 줄이면서 자연스럽게 정리하는 것이 좋다. 이것은 남자친구뿐만 아니라 다음에 만날 다른 사람을 위한 매너이기도 하다.

상대의 좋은 면, 장점만을 보라

누구나 남에게 호감을 주는 사람이 되고 싶어한다. 또한 고독한 삶을 즐기는 사람은 거의 없다. 특히 여성의 경우는 다른 사람이 자기에게 관심을 가져 주기를 더욱더 원한다.

이 세상에서 남이 싫어하는 사람이 되고 싶은 사람은 아무도 없을 것이다. 때로는 남에게 전혀 관심이 없는 듯 행동하는 사람도 있지만, 본심은 결코 그렇지 않다. 설사 그것이 본심이라 하더라도 잠시 동안만 혼자 있고 싶다는 조건부의 고독일 것이다. 인간은 오랫동안 혼자 있게 되면 정신적인 스트레스를 많이 받아 건강한 생활을 유지할 수 없다.

그러면 어떻게 해야 남이 좋아하는 사람이 될 수 있을까?

그 대답은 간단하다. 그것은 당신이 얼마나 다른 사람을 좋아하는가에 달려 있다. 당신은 상대방을 좋아하지 않으면서 상대방이 당신을 좋아해 주기를 바라는 것은 예금도 하지 않고 은행 창구에서 돈을 달라고 하는 것이나 마찬가지다. 이 얼마나 뻔뻔스러운 일인가?

인도 속담에 '남에게 사랑받고 싶은 사람은 강아지에게 그 비결을 배우라.' 는 말이 있다. 강아지는 부자든 가난뱅이든 차별하지 않고 따르기 때문이다.

미국의 존슨 전 대통령은 그 누구보다도 백악관 뜰을 산책하는 일을 즐겼다. 그는 미국을 방문한 한 저명인사에게 이렇게 말했다.

"나의 하루 일과 중 가장 즐거운 때는 애완견과 산책하는 시간입니다. 그녀석은 나를 매우 좋아하죠. 나 역시 그녀석이 다른 누구보다도 좋습니다. 그녀석은 내가 대통령이기 때문에 나를 좋아하는 것이 아니거든요."

강아지는 사람을 구별하지 않는다. 누구에게나 따르고 꼬리를 흔들며 재롱을 부린다. 그래서 강아지를 보면 누구나 귀엽다며 머리를 쓰다듬어 주고 싶어한다. 하지만 고양이는 많은 사람들이 싫어한다. 왜냐하면 고양이는 사람을 만나면 경계하고 노려보기 때문이다.

사람도 마찬가지다. 당신이 먼저 상대를 좋아해야 한다. 인간 관계는 자기 자신이 만들어나가는 것이다. 당신이 자신의 인생에서 행복을 찾고 싶다면 사회라는 거대한 조직 속에서 이 정도의 노력은 당연히 해야 하지 않을까?

사람은 감정의 동물이기 때문에 말을 하지 않더라도 육감적으로 상대방의 심리를 느낄 수 있다. 진실하지 못한 태도는 상대방에게 신뢰감을 심어줄 수 없다.

남을 자기 자신처럼 좋아하기란 매우 어려운 일이다. 어떻게 하면 다른 사람을 자기 자신처럼 좋아할 수 있을까? 그것은 상대방의 좋은 점, 장점만을 보려고 노력하는 것이다. 사람은 누구나 좋은 면과 나쁜 면을 다 가지고 있다. 나쁜 면만 골라 본다면 도저히 그 사람을 좋아할 수 없을 것이다.

그러므로 상대의 좋은 면만을 보도록 노력하라. 그리고 당신이 먼저 상대를 좋아하도록 하라. 당신이 아무리 두뇌가 명석하고, 용모가 아름답고, 일을 잘 한다고 하더라도 주위 사람들과의 인간 관계가 원만하지 못하면 아무도 당신과 가까워지려 하지 않을 것이다. 남이 당신을 좋아할 수 있도록 당신의 생각과 행동을 조절할 수 있는 여성이 되라.

사랑하는 사람의 10가지 체크 포인트

1. 옷이나 외모보다는 먼저 성품을 보라.
2. 그 사람이 돈을 주로 어디에 쓰는가?
3. 좋은 책을 사서 즐겨 읽는 사람인가?
4. 불평하기보다는 매사에 긍정적인 사람인가?
5. 부모나 형제에게는 친절한가?
6. 자기 외에는 관심이 없는 사람은 아닌가?
7. 받기만 좋아하고 주기를 싫어하는 사람은 아닌가?
8. 꿈을 갖고 노력하는 사람인가?
9. 신앙을 실천하려 애쓰는 사람인가?
10. 정직하고 약속을 지키는 사람인가?

사랑에도 인내가 필요하다

인간은 진정한 사랑을 함으로써 비로소 성숙해진다고 말할 수 있다. 사랑을 하고 있는 사람의 얼굴은 환한 미소로 가득하고, 그들의 표정은 봄볕처럼 화사하다.

그러나 사랑이 언제나 그렇게 환희롭고 감미로운 것만은 아니다. 때로는 참고 견디며 스스로 자신을 조절하지 않으면 안 되는 상황에 부딪히기도 한다.

당신은 데이트 약속을 해놓고 약속 시간이 지나도 연인이 나타나지 않는다면 얼마나 기다려줄 수 있겠는가? 30분이 지나고 1시간이 지나도 오지 않는다면, 그 이유를 불문하고 당신은 화가 나서 그 자리를 떠나 버리든가 아니면 뒤늦게 나타난 연인에게 무슨 말로 화를 낼 것인가 궁리할 것이다.

확실히 약속 시간이 지나도 모습을 나타내지 않을 때는 화가 나기 마련이다. 그래서 황급히 달려온 상대에게 이유도 묻지 않고 화부터 내거나 토라져서 아무 말도 하지 않는 경우도 있다.

그러나 모든 일에는 인내심이 필요하듯이 사랑에도 인내가 필요하다. 상대에게 사사건건 지나치게 따지거나 변명할 틈도 주지 않고 마구 몰아붙인다면 서로의 기분만 상하게 된다. 그래서는 서로에게 아무런 이득이 되지 않는다.

상대가 약속을 지키지 못한 데는 어쩔 수 없는 사정이 있을 수 있다. 그의 입장을 조금이라도 배려할 생각이 있다면 아무리 화가 나더라도 상대의 말을 먼저 들어 주어야 한다. 그리고 상대가 자신의 잘못을 느낄 수 있도록 지적하고 넘어가는 것이다. 단, 부드러운 말로. 그러면 언성을 높이지 않고도 목적을 달성할 뿐만 아니라, 당신은 지혜로운 여성으로서 돋보이게 될 것이다.

그리고 시간상 더 이상 기다려 줄 수 없을 때는 반드시 기다리다 간다는 메모를 남기는 것이 좋다. '늦었지만 기다려 주겠지.' 하고 숨가쁘게 달려왔다가 당신이 남긴 메모를 발견한다면 그래도 당신의 사랑을 느낄 것이다.

사랑은 이처럼 작은 일에서도 기쁨을 느끼는가 하면 사소한 것에서 서운함이 배어나오기도 한다. 그러므로 당신의 작은 배려가 매력으로 느껴져 두 사람의 사랑을 더욱 확고히 다져줄 것이다.

Chapter 6

사랑을 성취하는 비결

chapter 6

인간은 사랑을 통해 더욱 성숙해진다

후회하지 않는 사랑의 마술사가 되는 법

사랑의 열매를 얻으려면 찾기 위해 노력하라

올바른 선택이 사랑에 성공하는 지름길이다

사랑은 성공하든 실패하든 시도해볼 만한 모험

사랑을 유지하는 10가지 비결

자신의 일도 사랑 못지 않게 중요하다

사랑은 희생이 아니라 기쁨이다

사랑의 함정에는 이별이라는 복병이 숨어 있다

감정에 휩쓸리지 말고 객관적으로 판단하라

인간은 사랑을 통해 더욱 성숙해진다

인간의 삶에서 사랑이란 무엇일까? 단순한 감정의 산물에 불과한 것일까?

「피가로의 결혼」에 나오는 십대 소년 쉐르비노는 열렬히 사랑에 빠지고 싶어한다. 그는 너무도 사랑을 열망한 나머지 주위에 있는 여자라면 모두 자기와 사랑을 나누고 있다는 공상을 하게 된다. 그리하여 어떤 여성과도 몇 시간만 함께 있으면 사랑의 아픔을 느끼게 되고, 그 대상도 점점 다양하게 이 소녀에게서 저 소녀에게로 옮겨 간다.

그런 욕망의 방황 속에서도 그는 마침내 한 여인에게서 사랑을 느끼는 단계로 발전해 간다. 그러면서도 그는 사랑이 진정 무엇인지를 깨닫지 못한다.

'아는 사람은 나에게 말해 주세요. 사랑이 진정 무엇인지를.'

그는 노래부르면서 어른들을 향해 원초적인 질문을 던진다. 그의 노래를 듣는 여인들은 한결같이 아주 멋진 노래라고 감탄하지만, 아무도 그 질문에 대답해 주지는 못한다. 쉐르비노는 결국 자기 스스로 그 해답을 찾아내지 않으면 안 된다는 사실을 깨닫게 된다.

이 이야기는 2백여 년 전의 상황이지만, '사랑에 대한 의문' 은 오늘날에 이르러서도 풀리지 않았다. 현대의 젊은 남녀들도 사랑이 무엇인지 알고 싶어하고 직접 체험해 보고 싶어하지만, 막상 눈앞에 다가오면 당황하고 만다. 사랑을 하게 되면 어떤 느낌을 받고, 어떤 생각이 떠오르며, 어떤 영향을 미치는지, 그리고 사랑할 때는 어떻게 행동해야 하는지를 모르고 있는 것이다.

그러나 걱정할 필요는 없다. 인간이 이 세상에 태어나는 순간부터 사회라는 울타리 안에서 인간 관계를 유지해 나가듯이, 사랑도 인간의 내면에서 스스로 우러나오는 본능적 감정이기 때문이다. 사랑은 일종의 진실하고 성숙한 인간 관계이다. 사랑을 통하여 인간은 보다 더 성숙해진다. 사랑이라는 터널을 지나 오면서 인간은 보다 완전한 삶의 길을 찾는 것이다.

그러므로 사랑을 두려워하지 말라. 무조건 사랑을 거부할 필요는 없다. 사랑은 나쁜 것, 사랑은 비도덕적인 것이라는 생각은 매우 잘못된 것이다. 어린 아이가 커서 어른이 되듯이 사랑은 그렇게 자연스럽게 찾아오는 것이다. 사랑은 인간의 본능이기 때문이다. 그것을 당연하게 받아들일 수 있는 마음 자세를 갖추는 것이 중요하다.

사랑의 게임에서 승리할 수 있는 비결은 바로 순응하는 지혜를 갖는 것이다. '사랑은 곧 불행' 이라고 생각하는 사람은 사랑을 부정적인 측면에서만 바라보고 있기 때문이다. 그런 사람은 결코 사랑의 감정을 순순히 받아들일 수 없다.

여기에서 가장 중요한 것은 사랑의 '상대' 이다. 즉 어떤 대상을 사랑하느냐가 중요하다. 사랑하기 이전에 지혜로움을 갖춰야 하는 까닭은 바로 사랑하는 상대를 찾는 문제가 앞서기 때문이다.

자연스럽게 다가오는 사랑이라는 본능을 자신의 행복의 뜨락으로 옮겨심기 위해서는 먼저 사랑의 나무를 가꾸는 재배 기술을 익혀두지 않으면 안 된다. 이것이 바로 사랑을 위한 준비인 셈이다.

사랑은 저절로 찾아오지 않는다

때로는 고통, 때로는 환희를 가져다주는 사랑이란 저절로 당신에게 주어지는 것이 아니다. 자기 스스로 사랑의 신호를 보내지 않으면 사랑은 일어나지 않는다. 가령 아내로부터 떨어져 나가고 싶은 유혹을 느끼는 남자는 이미 다른 여자를 유혹할 소지가 있다. 왜냐하면 그는 사랑의 신호를 보내고 있기 때문이다.

자기 가게의 문을 꼭 닫아 놓고 있으면 설사 다른 사람의 신호와 마주친다 하더라도 그것을 알아차리지 못하고, 따라서 신호를 보낼 수도 없다. 비록 사랑이라는 가게 문을 활짝 열어놓는다 하더라도 사랑이 당신을 비켜 지나갈 수도 있다. 그러나 당신의 신호가 분명하기만 하면 반드시 사랑은 당신을 찾아올 것이다.

후회하지 않는 사랑의 마술사가 되는 법

사랑에도 한 번쯤 실패가 있고 나서 성공이 온다고 말하는 사람이 있다. 그러나 사랑의 실패는 영원히 지워지지 않는 상흔을 서로의 가슴속에 남겨 주기 때문에 성공하기 위해서 한 번쯤 실패해도 무방한 것이라고는 말할 수 없다.

사랑에 빠져 영혼을 불태운 후에도 자신의 행위에 대해 절대 후회하지 않기 위해서는 보다 진지한 자세가 필요하다. 그것은 사랑을 위해 갖춰야 할 당연한 마음가짐으로, 다음 몇 가지를 기억하면 결코 후회하지 않는 사랑의 마술사가 될 수 있을 것이다.

첫째, 사랑은 현실적인 것이다. 이상이나 망상 속에서 이루어질 수 있는 것이 결코 아니다. 따라서 겉모습이 주는 매력보다는 전체적인 인간성을 보고 상대방에게 접근해 가야 한다.

둘째, 자신의 개성과 취향에 동조할 수 있는 성격의 상대를 골라라. 취미가 같은 사람들끼리는 빨리 친숙해지는 것과 마찬가지로 개성이나 취향이 같으면 서로를 보다 잘 이해할 수 있다.

셋째, 이기적인 생각으로부터 탈피하라. 받기보다는 주는 것을 더 큰 즐거움으로 삼고, 상대방의 만족에서 자신의 만족을 찾는다.

넷째, 보다 정직하고 솔직한 사람이 되도록 노력하라. 자신에 대한 사실을 과장하거나 숨기지 말고 있는 그대로 솔직하게 털어놓는다. 자신의 실체를 감추려고 하는 사람은 결코 사랑을 성공으로 이끌 수 없다. 자신의 약점을 상대방에게 드러내 놓는 한편, 상대방의 약점 역시 이해하고 감싸주도록 노력해야 한다.

다섯째, 적어도 사랑하는 사람과의 사이에서만큼은 자신의 자유가 줄어든다는 사실을 인정하라. 서로의 의사를 존중하면서 평온한 관계를 유지하기 위해 애쓰고, 함께 하는 시간이 많아지더라도 거기에서 어떤 부담감이나 위압감을 느껴서는 안 된다. 언제나 함께 있고 싶은 욕망이 커지도록 노력해야 한다.

여섯째, 앞을 내다보는 자세를 가져라. 단순한 불장난으로서의 일시적 사랑이 아니라 영원한 사랑, 결혼 상대자로서의 완전한 사랑을 생각해야 한다.

이상의 몇 가지 점을 고려하여 보다 신중하게 행동한다면 당신이 탄 사랑의 배는 결코 난파되지 않으리라고 확신한다.

사랑의 열매를 얻으려면 찾기 위해 노력하라

청춘기에 접어든 사람이라면 누구나 사랑의 배를 띄워 보고 싶어한다. 사랑의 아픔을 겪기도 하고, 연인과의 만남을 설레이는 마음으로 기다리기도 하는 슬픔과 행복의 주인공이 되어 보고 싶어한다.

특히 주위의 친구들은 모두 연인이 생겨 데이트를 즐기고 있는데, 자기만 사랑의 행렬에서 빠진 것 같아 쓸쓸함을 느끼는 경우가 있다. 과연 어떻게 해야 사랑을 얻을 수 있고, 멋진 사람과 함께 사랑의 길을 걸을 수 있을까?

당신에게 사랑의 상대가 없다는 것은 그만한 이유가 있을 것이다. 그것은 어쩌면 당신이 사랑을 기다리고 있기 때문일지도 모른다. 주위의 사랑하는 사람들을 보면, 지극히 자연스럽게 사랑이 그들에게 찾아온 것처럼 보이겠지만 사실 사랑은 저절로 찾아오는 것이 아니다. 적극적인 자세로 사랑을 찾고자 노력할 때 비로소 당신의 눈에도 사랑이 보이게 될 것이다.

물론 가만히 있어도 어느 누군가가 스스로 당신을 좋아하게 되어 저절로 사랑이 싹트는 일도 없지는 않다. 그러나 그런 경우에도 자세히 살펴보면, 누군가에게 사랑을 받기 위해 저마다 나름대로의 노력을 했다는 사실을 알 수 있다. 사랑의 주인공이 되는 데에는 그만큼의 노력이 필요한 것이다.

그런데 당신의 경우는 어떤가? 만일 그만한 노력도 하지 않고 그저 사랑이 찾아들기만을 기다리고 있다면, 결국 아무런 열매도 맺을 수 없을 것이다.

만약 당신이 갖고 싶은 것이 있으면 그것을 자기 것으로 만들기 위해 상당한 노력을 기울일 것이다. 돈으로 살 수 있는 것이라면 돈을 모으기 위해서 애쓸 것이고, 그것이 어떤 자격증이라면 그 자격을 얻기 위해 열심히 공부할 것이다.

사랑도 역시 마찬가지다. 아니 더욱 멋진 사랑의 상대를 원한다면 더 많은 노력을 쏟아부어야 한다. 사랑을 당신 것으로 만들기 위해서는 다음과 같은 노력을 기울여야 한다.

첫째는 당신이 매력적인 여성이 되는 것이다. 당신이 매력있는 여성이 되면 틀림없이 당신을 좋아하는 사람이 한두 명쯤은 나타날 것이다.

매력적인 여성이라면 일반적으로 외모를 생각하기 쉬운데, 외모만 아름답다고 해서 매력적이 되는 것은 결코 아니다. 자기에게 어울리는 조화로운 외모와 내면에서 풍겨나오는 품위, 그리고 호감을 주는 화술과 예의바른 행동에서 나오는 지성적인 아름다움이 바로 여성의 매력이다. 그러한 지적 아름다움을 몸에 익히는 것이 곧 매력있는 여성이 되는 길이며, 그렇게 되기 위해서는 그만한 노력이 필요하다.

둘째는 사랑의 상대, 즉 남성을 찾기 위해 노력하는 것이다. 당신이 현재 생활하고 있는 세계에 원하는 남성이 없을 경우에는 보다 넓은 세계로 뛰어들어야 한다. 그것은 자기의 생활권을 넓히는 일이자 보다 다양한 인간 관계를 유지하는 일이기도 하다.

당신 자신의 세계에 안주한 채 단지 아름답고 멋진 사랑이 당신을 향해 손짓해 오기만을 기다리는 것은 감나무 밑에 누워 감이 떨어지기를 기다리는 것과 같다. 당신은 당신의 힘으로 용기있게 배를 만들고 노를 저어 새로운 육지를 찾아 항해를 시도해야 한다. 노력하는 과정에서 길은 반드시 나타난다.

마음 속에 새겨두고 싶은 한마디

그대는 빵을 사고 싶을 때 동전을 지불해야 한다.
가구를 사고 싶을 때는 은전을 지불해야 한다.
토지를 사고 싶을 때는 금전을 지불해야 한다.
하지만 사랑을 사고 싶을 때라면 당신 자신을 지불해야 한다.
사랑의 값은 당신이다.

— 아우구스티누스

올바른 선택이 사랑에 성공하는 지름길이다

인생은 곧 사랑이다. 사는 것은 바로 사랑하는 것이다. 사랑은 인간의 위대한 운명이다. 그러므로 멋진 인생, 훌륭한 삶을 산다는 것은 곧 멋진 사랑, 훌륭한 사랑을 한다는 것을 의미한다.

사랑은 '사랑하는 행위' 일 뿐만 아니라, 프랑스가 낳은 세계적인 실존주의 철학자 사르트르가 "사랑한다는 것은 본질적으로 사랑받고자 하는 시도이다."라고 말했듯이 사랑한다는 것은 일종의 대가를 기대하는 시도이다.

사랑하기 위해서는 행위와 더불어 사고가 뒷받침되어야 한다. 사랑하는 행위에 사랑받고자 하는 사고가 뒤따라야 하는 것이다. 그러므로 아무것도 시도하지 않고 가만히 앉아서 구경만 한다면 결실을 얻을 수 없다.

여기서 문제가 되는 것은 '사랑할 수 있는 대상' 이다. 인생이 곧 사랑이라고 간주할 때 훌륭하고 멋진 인생을 이끌어가기 위해서는 역시 멋있고 뛰어난 사랑의 상대를 만나지 않으면 안 된다. 사랑의 상대가 쉽게 나타나지 않는다고 해서 자기와는 맞지도 않는 남성과 무분별하게 사랑을 시도한다면 그것은 단지 초라한 인생을 자초할 뿐이다.

화장품이라고 해서 무조건 아무 데나 바른다면 매력은 커녕 천박한 인상을 자아낼 뿐이다. 자기의 몸맵시에 어울리는 옷차림과 얼굴형에 알맞은 화장이라야 비로소 매력적인 분위기를 풍기듯이 사랑의 상대도 자기에게 어울리는 사람이어야 한다.

실패한 이후에야 '우리는 서로 맞지 않는 상대였다.' 는 후회의 말을 남기지 않으려면 먼저 올바른 선택, 즉 자기에게 어울리는 남성을 골라야 한다. 이것이 바로 당신이 지적인 여성으로서 사랑에 성공하는 지름길이다.

좋은 배우자를 선택하는 방법

먼저 눈을 감고 그 사람을 보라. 사람의 외모는 사람을 선택하는 데 걸림돌이 될 뿐이다. 그 다음 이 사람은 진실한가, 정직한가, 약속을 잘 지키는가, 책임을 다하는 사람인가를 보라. 그리고 나서 눈을 뜨고 그 사람을 보라. 설사 그 사람이 장애가 있더라도 선택에 아무런 영향을 미치지 못할 것이고, 키가 작거나 못생겼더라도 상관없을 것이다.

사랑은 인생이 더 이상 좋아질 수 없다고 생각될 때 시작하여 인생이 더 이상 악화될 수 없다고 생각될 때 끝난다.

사랑은 성공하든 실패하든 시도해볼 만한 모험

분수에 넘치는 모험은 큰 위험이 뒤따를 수 있다. 인생을 살아가는 데 있어서도 항상 자기 능력과 분수에 맞는 자세로 임하는 것이 바람직하다. 성공이란 실패하지 않는 삶을 의미하며, 성공적인 삶이란 바로 행복한 생활을 영위한다는 뜻이다. 따라서 일상 생활에서는 언제나 확고한 신념으로 살아나가는 것이 좋다.

그러나 인생에서 모든 것을 다 바쳐 투자해 볼 만한 가치가 있는 것이 꼭 한 가지 있다. 바로 누군가를 사랑하는 일이다. 사랑이 없는 삶이란 물이 없는 우물과도 같다. 이 세상에 사랑 없는 행복이란 있을 수 없다. 모든 행복의 근원과 종착지는 바로 누군가를 사랑하는 일이다.

사랑을 할 때는 열정이 있어야 한다. 이래도 좋고, 저래도 좋다는 식의 미지근한 태도는 당신의 사랑을 온전하게 자라게 할 수 없다. 따라서 당신의 모든 정열을 다 바쳐서 가꾸어야 한다.

사랑은 실로 고귀한 것이며 상당한 분별력을 필요로 한다. 사랑은 당신에게 무한한 자신감과 용기를 가져다줄 것이다. 사랑은 지배하는 것이 아니며, 요구하는 것도 아니다. 또한 사랑은 일방통행이 아니다. 사랑은 함께 바라보는 것이며, 함께 나누는 것이다. 그리하여 끝없는 신비의 베일 속을 헤쳐 나가는 미지의 모험이다.

완전한 사랑을 위해서는 이 엄청난 미지의 모험을 하지 않으면 안 된다. 이 모험은 당신의 진실과 모든 열정을 거는 도박이다. 이 도박에서 당신은 성공할 수도 있고 실패할 수도 있다. 사랑의 길은 언제나 평탄하고 순조롭기만 한 것은 아니기 때문이다.

그러나 일단 사랑에 성공하면, 돈을 주고도 살 수 없는 큰 기쁨을 맛보고 자신감을 얻게 된다. 만약 실패하더라도 당신은 인격적 성숙이라는 보상을 받는다.

그러므로 사랑은 성공하든 실패하든 한번 시도해 볼 만한 모험이다. 사랑하는 일에 온갖 열정을 바쳐라. 또한 당신의 삶을 사랑하라. 사랑, 그것은 행복의 시작이며 성숙 그 자체이다.

마음 속에 새겨두고 싶은 한마디

네 눈이 너에게 말하는 것을 믿지 마라.
그것이 보여주는 것에는 한계가 있다.
사랑이야말로 고독이며, 기쁨이고,
자기 자신의 생에 대해 자신에게 행한 최초의 내면적인 일이다.

— 워어즈 워드

사랑을 유지하는 10가지 비결

첫째, 사랑이 부족하다고 투정하지 말라.

당신이 정열적인 사람이라면 자신이 먼저 상대에게 사랑을 베풀 것이다. 그러면 사랑은 배가 되어 되돌아 온다.

둘째, 나 자신을 대하듯 상대를 사랑하라.

사랑하는 사람을 '자기' 라 칭하는 것은 곧 자기 자신과 같이 사랑한다는 뜻을 내포하고 있다.

셋째, 사랑을 지키기 위해 애써라.

사랑은 누구에게나 공평하게 찾아가지만 누구나 누릴 수 있는 것은 아니다. 어떠한 난관도 두 사람의 힘으로 헤쳐나갈 자세가 되어 있는 자들만의 몫이요 영예인 것이다.

넷째, 상대에게 완전하기를 바라지 말라.

인간은 누구나 장단점을 가지고 있다. 당신이 완전하지 못하듯이 상대방의 부족한 점이 눈에 띌 수도 있다. 서로 장점은 칭찬해 주고, 단점은 지적해 주며 보완해 나가도록 한다.

다섯째, 책임감있게 행동하라.

모든 일에는 책임이 뒤따르는 법이다. 자신의 문제를 상대에게 책임 전가해서는 절대로 안 된다.

여섯째, 진취적인 사고를 하라.

과거의 기억을 되씹는 것은 발전적인 태도가 아니다. 어두운 기억은 빨리 털어 버리고 희망적인 미래를 설계하도록 한다.

일곱째, 사랑하는 사람일수록 도리를 지켜라.

'나를 사랑하는 사람이니 뭐든지 이해해 주겠지.' 하고 생각하는 것은 위험하다. 인간이 살아가는 데 기본적으로 지켜야 할 도리가 지켜지지 않았을 때 누구나 불쾌감을 느낄 수 있다는 사실을 기억하라.

여덟째, 간섭하려 들지 말라.

간섭하는 것과 관심을 갖는 것은 다르다. 인간은 원래 누군가에게 간섭받는 것을 매우 싫어한다. 그것은 설사 사랑하는 사람일지라도 마찬가지다.

아홉째, 수시로 사랑하는 마음을 다져라.

즐거운 생각을 하면 웃음이 나고 슬픈 생각을 하면 눈물이 나듯이, 그와의 사랑을 마음 속에 다지며 설계할 때 더욱 싱그러운 사랑이 솟아나게 된다.

열째, 문제점이 발생했을 때 피하지 말고 풀어나가라.

무엇이든 노력 없이 얻어지는 결과는 없다. 따라서 힘겹게 얻어진 것일수록 값지고 애착이 가는 것은 당연하다.

남녀간의 사랑이란 평생을 동반할 자기의 삶이며 인생이다. 대가를 치를 만한 충분한 가치가 있지 않은가?

사랑을 지키는 10가지 습관

1. 웃음을 잃지 말라. 어떤 관계도 유머감각 없이는 유지하기 어렵다. 웃고 또 웃으면 모든 일들이 긍정적으로 변한다.
2. 잘못이 있으면 자존심을 내세우지 말고 사과하라. 그리고 상대의 사과도 너그럽게 받아들여라.
3. 상대에게 요즘 어떤 고민이 있는지 잘 살펴라. 고민은 신경질과 트러블의 원인이 된다.
4. 함께 즐길 만한 취미나 관심사를 만들어라. 함께 있는 시간이 더 즐거워진다.
5. 상대를 비판하거나 흠잡는 버릇은 No.
6. 화를 억누르지 말라. 자신에게 화가 났을 때 그것을 상대에게 화풀이하는 것도 어리석은 행동이다. 솔직하게 자신의 감정을 얘기하는 것이 좋다.
7. 서로 칭찬하고 격려하며 선물을 주고받아라.
8. 서로 의견 충돌이 있을 때는 상대가 하는 말을 잘 들어주어라.
9. 모든 일이 한결같기를 기대하지 말라. 상대의 변화와 성장을 격려해야 한다.
10. 모든 결정은 둘이 함께 내려라.

자신의 일도 사랑 못지 않게 중요하다

우리 인간의 특성은 개인마다 다 다르기 때문에 '인간이란 어떤 것' 이라고 한마디로 요약해서 설명할 수는 없다. 마찬가지로, '남성이란 혹은 여성이란 이런 것이다.' 하고 한마디로 표현하기는 어렵다. 만일 인간에 대한 해답이 수학 공식처럼 나와 있다면, 살아가면서 인간에 대해 실망하는 일이나 얽히고 설키는 비극은 생겨나지 않을 것이다. 하지만 삶에 대한 스릴이나 만남의 환희 같은 감정도 맛보지 못할 것이다.

우리 인간은 각자 다른 성격을 갖고 있듯이, 여성에게도 남성에게도 각기 다른 자기만의 성격과 개성이 있다. 따라서 남성은 어떠한 존재이며 여성은 어떠한 존재인가를 구분하기보다는 각자가 지닌 성격으로 구별해야 옳을 것이다. 그런데도 우리는 흔히 남자란, 혹은 여자란, 하고 남녀를 구별짓고 있다. 그 내면을 파악해 보면, 분명히 성이 다른 특성상 남성은 남성만의, 여성은 여성만의 공통점을 지니고 있음을 발견할 수 있다.

이 세상은 남녀가 함께 공존하고 있으므로 굳이 남자와 여자를 구분해서 생각할 필요는 없을 것이다. 그러나 상대를 자세히 앎으로써 상대뿐만 아니라 나 자신도 알게 되기 때문에 남녀의 차이점을 살펴보기로 하자.

개인에 따라 성격이 다르기 때문에 모두 그렇다고 할 수는 없지만 사랑하는 일에도 남녀간에 분명한 차이가 있다. 대부분의 남성들은 사랑과 일, 이 두 가지를 다 같이 중요하게 생각한다. 그러나 여성들 중에는 사랑을 자신의 인생 중 가장 중요한 것으로 받아들이는 경우가 많다. 때문에 사랑에 빠진 많은 여성들이 일을 포기하고 사랑하는 사람을 따르는 데서 행복감을 느끼는 반면, 남성은 사랑은 사랑이고 일은 일로써 자기 자신을 컨트롤해 나간다.

그것은 미래의 한 가정을 책임져야 할 가장의 책임감 때문만은 아닐 것이다. 남성에게는 설사 한 여성에게 푹 빠졌다 하더라도 그 열정 못지않게 일에 대한 책임감을 가지고 있기 때문에 일과 사랑 두 가지를 동시에 지킬 수 있는 것이다.

그러나 여성들은 상대에게 사랑을 느끼기 시작하면 그 무엇과도 비교할 수 없을 만큼 사랑을 크게 받아들인다. 따라서 쉽게 자신의 일을 포기할 수도, 자신의 세계를 접을 수도 있는 것이다.

그러나 여기에서 되새겨 봐야 할 중요한 점은 사랑에 치중한 나머지 자기만의 소중한 일이나 세계를 포기해 버린다면, 결국 그 여성의 일생은 한 남자에 의해 결정지어질 수밖에 없다는 사실이다. 그러므로 현명한 여성이라면 자신의 세계를 구축해 나가는 일도 사랑 못지 않게 중요하다는 의식 전환이 있어야 한다.

최고의 인생을 위해 가장 소중한 세 가지

러시아의 대문호 레오 톨스토이는 생애에서 세 가지 물음을 늘 가슴에 안고 살았다고 한다.
첫째, 이 세상에서 가장 중요한 사람은 누구인가?
둘째, 이 세상에서 가장 중요한 일은 무엇인가?
셋째, 이 세상에서 가장 중요한 때가 언제인가?
생각해 보면, 가장 중요한 사람은 지금 내 앞에 있는 사람이고, 가장 중요한 일은 지금 하고 있는 일이며, 가장 중요한 때는 바로 지금이 아닐까?
우리의 인생에서 과거는 이미 소비해 버렸고, 다가올 미래는 내게 주어지지 않을 수도 있다. 따라서 이 세 가지 질문은 현재라는 가치를 중요시하며 나와 관계를 맺고 있는 사람과 일, 그리고 시간이 가장 중요한 것이라는 사실을 깨닫게 한다.
인생에서 꼭 하고 싶고 진실로 원하는 세 가지를 알 수 있다면, 그는 가장 행복한 사람이다.. 또한 그것을 실행한다면, 최고의 삶을 살고 인생 무대를 내려오는 셈이 될 것이다.

마음 속에 새겨두고 싶은 한마디

당신은 당신의 무한한 능력을 유용하게 사용할 수 있는 유일한 존재이다.
그것은 성공을 위한 경건한 책임이며, 막중한 의무이기도 하다.

— 지그 지글라

사랑은 희생이 아니라 기쁨이다

무분별하게 주는 사랑의 동기에는 공통적인 특징이 있다. 주는 사람이 사랑을 가장해서 받는 사람의 인격에 관계없이 자신의 욕구대로 행한다는 것이다.

사랑은 단순하지 않고 복잡하다. 머리와 심장과 전 인격이 참여하고 행동하는 것이다.

희생적인 행동을 사랑으로 생각하는 여성들이 많다. 당신이 사랑하는 그이를 위해 무엇을 한다고 생각할 때 그이를 위한다는 생각은 사실 자신의 책임을 거부하는 것이다. 당신이 무슨 일을 하든지 당신은 그 일에서 만족을 느끼기 때문에 하는 것이다. 누구를 위해서든 당신이 그것을 할 필요성을 느끼기 때문에 하는 것이다.

순수하게 사랑하는 사람은 사랑의 기쁨을 안다. 사랑에는 자아의 변화와 확장, 자아 발달이 들어 있다. 사랑은 자기 희생이 아니다. 사랑은 비어 있는 자아를 사랑하는 사람에 대한 생각으로 채워가는 것이다. 따라서 자아를 위축시키는 것이 아니라 확장하는 것이다.

진실한 사랑은 이기적인 동시에 비이기적이다. 참된 사랑과 거짓된 사랑은 사랑의 동기와 목적으로 구별된다.

순수한 사랑은 자신과 사랑하는 그이의 정신적 발전도 사랑의 목적에 포함된다. 그러나 거짓된 사랑은 오로지 자기 만족만 있고 정신적인 것에는 관심이 없다.

결혼은 남녀관계의 질을 변화시킨다

결혼으로 인해 남녀 관계에 전반적인 영향을 미치며, 따라서 변화는 불가피하다. 결혼은 서로에게 성장의 조건이 될 수도 있고 타락의 조건이 될 수도 있다. 결혼이란 형식이 아니라, 결혼하는 커플의 태도와 행동에 좌우되는 것이기 때문이다.

만일 당신의 반려자가 결혼 전에 있었던 모든 것의 존재가치를 부정한다면, 그것은 우리의 삶, 기억, 친구, 일, 업적 등 오늘이 있게 한 모든 것을 포기하라고 요구하는 것이나 다름없다. 이것은 진실한 사랑, 자부심과 대립된다.

결혼을 생각할 때는 자신이 현재의 반려자와의 생활이 행복할 것인지 추론해 볼 필요가 있다. 변화된 모습의 반려자와 행복을 누릴 상상만 하는 것은 좋지 않다.

서둘러 결혼함으로써 동반자의 전체적인 삶의 태도를 알 기회를 놓치게 되고, 행복에 진실로 중요한 것-인격, 남녀관계에 대한 견해, 정신적 의사 전달력, 사랑의 표현, 고통스런 감정의 처리, 갈등에 대한 반응-등에 대해서 익힐 기회를 갖지 못한다면, 그것은 바람직하지 못한 일이다. 이러한 것들은 결혼 전에 현명하게 조사해야 한다.

사랑의 항로에는 이별이라는 복병이 숨어 있다

인간은 남녀를 불문하고 장차 자신 앞에 나타나 연애의 대상이 되어줄 상대의 일정한 타입을 꿈꾼다. 그런데 그 이상형을 그리는 방법에 있어서는 남녀가 사뭇 다르다.

대부분의 여성들 가슴 속에 자리잡고 있는 이상형이란 단순히 신뢰할 수 있는 사람이라든가, 능력있는 사람, 자상한 사람 등 지극히 막연하고 관념적인 데 반해 남성이 그리고 있는 이상형은 몸매가 날씬한 여성이라든지, 눈이 크다거나 혹은 피부가 고운 여성 등 신체적 특정 부분은 물론 피부색, 성격까지도 세부적으로 묘사하고 있는 것이다.

특히 젊은 시절 이성에 대한 호기심에서 비롯된 이상적인 여성상을 갖지 않았던 남성은 아마도 드물 것이다. 이 점이 남녀 사이에 있어서 결정적으로 다른 점이라 할 수 있다.

즉, 남성의 이상형은 다분히 육체적이고 육감적인 데 반해 여성은 그야말로 정신적이라 말할 수 있다. 왜냐하면 남성의 욕망은 여성을 하나의 인격체로써 보기보다는 여성이라는 성에 초점을 맞추는 반면, 여성은 남성의 인간성이라든지 자신의 이상을 실현시키는 데 도움이 될 수 있는가 하는 능력에 초점을 맞추기 때문이다.

그러나 여성의 경우도 특정 상대가 나타나 일단 육체적인 관계가 시작되고 나면, 성적 욕망에 강하게 눈뜨게 되면서 예전에 그려졌던 이상이 하나 둘씩 깨어지기 시작한다.

극단적으로 말해 처음에 그리던 이상형과 거리가 먼 남성일지라도 일단 연애 관계에 몰입하게 되면 상대가 어떤 사람이든 간에 대부분 마음을 지배당하고 마는 것이다.

좋아하는 감정이나 호감을 갖는 요인은 두 사람이 가까워지는 계기는 될 수 있을지언정 결코 영원히 지속되는 것은 아니다. 연애할 때 상대의 어떤 특정한 점에 이끌려 빠져들게 되었는데, 그것이 시간이 지남에 따라 오히려 가장 싫은 혐오의 요인으로 바뀌어 두 사람을 갈라서게 하는 결정적 원인이 되기도 한다.

상대의 소박한 성품이나 정이 많고 다분히 인간적인 면에 이끌려 만남을 지속하다가 오히려 변화 없고 박력이 없는 성격에 답답함을 느껴 더 이상 관계를 지속하지 못하게 되는 경우도 있다.

여기서 강조하고 싶은 것은 육체적인 의미에서든 성격적인 의미에서든 변하지 않는 사랑의 법칙 따위는 존재하지 않는다는 점이다. 게다가 단순하게 극과 극을 오가는 시계추처럼 변화 없는 생활을 하고 싶어하는 사람은 없을 것이다.

이것은 남녀간에 있어서 좋아한다든가, 호감을 갖는다는 것이 얼마나 변하기 쉬운 감정인가를 말해 주는 좋은 예이다.

사랑은 줄다리기라는 말이 있다. 맞는 말이다. 일반적으로 사랑의 초기 단계, 즉 정열과 로맨스의 시절이 지나고 나면 연인들 사이엔 아마 평등이 존재하지 않게 될 것이다. 둘 중의 어느 한 쪽이 다른 쪽보다 더 사랑을 하게 된다. 한 쪽이 다가서면 다른 쪽은 뒤로 물러선다. 끝내 서로 타이밍이 맞지 않는 일도 많다. 당신이 그를 보고싶어 못 견디는 순간에 그는 당신을 보고싶어하지 않을 수도 있다.

또한 사랑의 항로에는 항상 이별이라는 복병이 도사리고 있다. 그것을 피할 수만 있다면 더없이 좋은 일이겠지만, 어쩔 수 없는 일은 사실 누구라도 어쩔 수 없는 것이다.

사랑의 즐거움보다 고통이 더 심할 때, 그때가 바로 헤어져야 할 때이다. 한 시간도 더 이상 고통을 견딜 수 없다고 생각되면 이제 이별은 이미 피할 수 없는 일이다.

사랑은 꽃, 어린아이, 옹달샘같은 것

사랑은 꽃병 안의 꽃과 같아서 관심과 사랑이 있어야 좋은 향기를 내며 오래 간다.
사랑은 어린아이 같아서 칭찬과 격려를 주면 무럭무럭 자라고, 잘못만 꼬집고 나무라면 반항아로 변할 수 있다. 그러므로 옹달샘처럼 끊임없이 자신의 일에 충실한 가운데 아름답고 멋있는 사랑으로 가꾸기 위해 언제나 노력해야 한다.

감정에 휩쓸리지 말고 객관적으로 판단하라

대부분의 남성들은 눈앞에 나타난 새로운 여성과 쉽게 사랑에 빠지고 만다. 아니 사랑에 빠진다기보다는 눈앞의 욕망에 이끌려 서둘러 상대를 정복하려 든다.

반면에 여성은 연애를 하게 되면 모든 일을 스스로 처리하기보다는 남성에게 의존하려는 경향이 강하다. 따라서 남성과 동등한 능력을 가졌을지라도 일단은 남성의 도움을 받고 싶어한다.

이것은 사랑의 감정에도 그대로 반영되어 나타난다. 그래서 여성은 상대를 사랑하기보다는 사랑을 받아야만 안심하고, 일단 사랑받고 있다는 확신이 서면 그것만으로도 크게 만족한다. 진실로 상대가 자기에게 필요한 사람인가는 개의치 않고 자신이 선택된 것에 도취되어 상대가 원하는 것이면 무엇이든 들어주고 싶은 심정으로 분별없이 다가서기도 한다.

그러나 남성들 중에 여성이 다가서면 의외로 주춤거리는 심리적 변화를 겪는 경우를 흔히 볼 수 있다. 그런가 하면 처음 같은 열정은 점차 사라져 가고 새로운 상대를 찾는 경우도 있다.

사랑하는 사람을 위해 헌신적인 마음을 갖는다는 것, 그것은 남녀를 막론하고 아름다운 감정이다. 또한 진실로 사랑하는 사람에게라면 지극히 당연한 일일 것이다. 그러나 맹목적으로 헌신하는 것은 두 사람에게 결코 유익한 일이 아니다.

대부분의 남성들은 자기 쪽에서 헌신적으로 노력하기보다는 여성에게 그렇게 되어 주기를 강요하고 싶어한다. 그러나 여성들의 비극은 자신들의 인생 전부를 사랑에 걸어 버리는 데 있다는 사실을 깨우쳐야 할 것이다.

자기 앞에 나타난 이성을 이성적인 판단 없이 사랑해 버리는 것은 그 사람을 사랑해서라기보다는 '사랑'을 그리워하고 있었기 때문이라는 표현이 정확할 것이다.

상대의 모든 것이 감동적이고 멋있게만 보이며, 자신의 이상형처럼 느껴지는 것도 상대에게서 그런 점을 발견해서가 아니라 그것이 자기의 사랑이라는 착각 때문이다. 자기 자신이 먼저 감정에 빠져 버린 상태에서의 사랑은 오래지 않아 그 감정이 깨지고 나면 상대의 결점들이 눈에 띄어 오히려 환멸감을 느끼기 쉽다.

먼저 상대를 정확하게 꿰뚫어볼 수 있는 눈이 갖추어지기 전까지는 결코 자기 감정에 휩쓸리지 않아야 두 사람의 사랑도 발전적으로 이끌어나갈 수 있을 것이다.

대부분의 남성들은 어머니처럼 정이 많은 여성, 즉 헌신적인 여성에게는 쉽게 매력을 느끼지 못한다. 왜 가장 이상적인 여성으로 손꼽을 수 있는 너그러운 여성에게 매력을 못 느끼는 것일까? 아마도 그런 여성들은 남성들의 잠자고 있는 감정을 일깨울 만한 쇼킹한 변화를 만들지 않기 때문일 것이다. 그렇다고 모든 남성들이 그런 여성에게 전적으로 무관심한 것은 결코 아니다. 살아가면서 어려움에 직면했다든가, 어떠한 사람에게 실망을 경험하게 되었을 때는 마치 환자가 부드러운 위로의 손길을 원하듯이 은연중에 모성적인 여성을 갈망하게 된다.

남성 중에는 그들이 하고자 하는 대로 따라 주지 않고 적당히 화나게 만들거나 가혹하게 만드는 상황에서 여성의 매력을 발견하게 되는 경우가 많다고 한다.

이처럼 남녀 관계란 실로 미묘한 미로와도 같이 충동적인 면이 다분하다. 모든 남성에 있어서 모성이란 자애, 헌신, 우아함, 숭고, 그 외 갖가지 여성적 미덕을 갖춘 여성스러움의 전형으로써 향수를 불러일으킨다. 사실 어떠한 남성의 가슴에도 그러한 갈망은 숨어 있을 것이다. 그러면서도 그들은 관념적인 것에서 여성의 매력을 찾는다. 지적인 여성을 원하면서도 남성들은 자신들의 충동적인 애욕이나 욕구 때문에 여성의 외면적인, 즉 성적인 면에 급급하는 경우가 적지 않다. 여기서부터 불행이 시작된다는 점을 우리는 명심해야 할 것이다.

Chapter 7

행복한 결혼생활의 비결

chapter 7

결혼이란 꼭 해볼만한 일생일대의 모험이다

어떤 사람과 결혼할것인가?

결혼으로 제2의삶, 새로운 인생이 시작된다

배우자의 선택은 미래의 행복한 삶과 직결된다

결혼 후에도 자신의 성장을 위해 노력하라

자기 분야에서 최고가 되기 위해 노력하라

일단 결혼했으면 행복한 굴레라고 생각하라

결혼은 환상이 아니라 노력한 만큼 행복해진다

결혼은 현재뿐만 아니라 미래도 함께 나누는 것

결혼이란 꼭 해볼만한 일생일대의 모험이다

우리는 도대체 왜 결혼을 해야 하는가? 돈이 필요해서? 아니면 섹스 때문에? 당치도 않은 말이다. 돈 버는 일을 남편에게만 부담시키는 것은 너무도 이기적인 생각이다. 또한 단지 섹스만을 위해 결혼한다면 남편이 아니라 애인을 구해야 할 것이다.

나이들어서 서로 의지하고 말동무라도 하기 위해 결혼한다고 생각하는 사람도 있을 것이다. 하지만 그렇지도 않다. 어느 누가 백년해로를 보장해 줄 것인가? 노인이 될 때까지 서로 마음이 변하지 않는다는 보장도 없다. 더욱이 여성은 남성보다 평균 수명도 더 길다. 말하자면 당신의 말동무는 그때 이미 세상을 떠난 뒤일 수도 있다.

아이가 있는 이혼녀들이 자식의 장래를 위한다는 명목으로 재혼하는 경우도 있다. 하지만 남편과 사별한 많은 여성들이 혼자서도 아이들을 잘 키우고 있다. 따라서 자식을 위해서라는 것도 결혼을 해야 하는 이유는 될 수 없다.

그렇다면 왜 우리는 결혼을 하는 것일까? 그것은 우리가 평범한 보통 사람이기 때문이다. 보통 사람은 곁에 어떤 특별한 사람이 없으면 안정된 삶을 살아갈 수 없다. 남편이 바로 그런 특별한 사람이다. 때로는 참기 어려운 독신 생활의 외로움이 결혼을 종용하기도 한다. 이 외에 결혼으로 인해 한 남자를 소유했다는 충족감을 느낄 수도 있고, 한 남자로부터 지속적인 사랑을 받는다는 만족감도 있을 것이다.

그렇다면 보다 만족스러운 결혼 생활을 하려면 어떻게 해야 할까? 바람직한 결혼 생활은 상호 협조하는 마음가짐이 전제되어야 한다. 눈에 띄지 않게 꾸준히 노력하는 서로간의 협조야말로 두 사람에게는 힘이 되고 용기가 된다.

필요할 때는 늘 상대의 곁에 있어 주고, 그렇지 않을 때는 보이지 않는 곳에서 노력하는 게 진정한 부부이다.

결혼이란 협상이 아니다. 따라서 요구 조건을 내걸고 서로 재보며 저울질한다는 것은 있을 수 없는 일이다. 남편과 아내는 서로 조건을 따지지 않는다. 상대방의 주장에 대해 자신의 생각을 조화시켜 마침내 절충이나 협상이 아닌 두 사람이 모두 만족할 만한 방법을 모색하는 것이다. 이 조화라는 말을 잊지 않는 한 많은 부부들이 행복한 결혼 생활을 유지할 수 있을 것이라고 믿는다.

독신 여성이 독신을 고집하는 이유 중 하나는 아마도 미래에 대한 가능성 때문일 것이다. 즉, 남편에게만 의지한 채로 미래의 가능성을 기다리기보다는 스스로의 가능성을 믿고 도전하는 것이다. 하지만 시간이 흐른 후에 비로소 자신의 미래가 그렇게 유망하지만은 않다는 사실을 깨달을 수도 있다.

결혼이란 일종의 모험이다. 일생일대의 중요한 모험이지만 꼭 해볼 만한 모험이기도 하다. 결혼을 통해 인생의 많은 경험을 할 수 있기 때문이다.

교양있는 여성들은 자신들의 행복한 결혼생활을 위해서 많은 노력을 기울인다. 이러한 노력 중에는 가정의 경제적 조건을 개선하고, 생활 수준을 향상시키며, 서로의 마음을 이해하려는 노력이 포함된다. 물론 성적인 조화를 이루기 위한 실제적인 노력도 포함된다.

그러나 결혼은 단순히 경제적이나 심리적 혹은 성적인 관계만은 아니다. 또한 결혼은 단순히 한 남자와 한 여자와의 결합이 아니다. 결혼은 인류 사회라고 하는 전체 중에서 한 가지에 불과하다. 결혼은 자연히 발전되는 것이 아니라 두 사람의 부단한 노력과 감정에 의해서 발전된다.

행복한 결혼생활을 위해 지켜야 할 규칙

- 둘이서 동시에 화내지 마라. 집에 불이 나지 않은 한 고함을 지르지 마라.
- 비판할 점이 있으면 사랑스런 태도로 하라. 과거의 실수를 들추지 마라.
- 상대방에게 따뜻한 말 한마디 없이 하루를 끝내지 마라. 화난 채로 자지 마라.
- 실수를 했다면 그것을 말하고 용서를 빌어라. 잘못한 사람이 가장 많은 말을 한다.

어떤 사람과 결혼할 것인가?

대부분의 사람들이 결혼을 잘 했다고 생각하면서 살아가지만, 어느 날 갑자기 남편과 그의 생활양식이 자신이 원하던 것과는 전혀 다르다는 것을 깨닫게 된다. 생활양식이란 물론 한 남자와의 결합에 있어 그다지 중요하지 않을 수 있다. 돈 문제만 해도, 사랑만 있으면 남편의 경제 능력을 따진다는 것은 치사한 일이라고 생각하겠지만 꼭 그렇지만은 않다.

우리는 결혼을 앞두고 장래의 남편이 도시의 아파트에서 살지, 아니면 먼지 투성이의 농촌에서 살지, 해외여행을 가는 대신 노름빚을 갚느라 허덕일 것인지 따위의 문제에 신경쓰기보다는 대개 냉장고나 텔레비전의 내구성이 어느 정도인가 등의 실용적인 면을 살피는 데 더 많은 시간을 보낸다. 알고 지내던 한 남자와 결혼하는 것이 아니라 그의 잠재적 생활양식과 결혼하는 것이다. 하지만 너무 어릴 때 결혼하면 그러한 것을 쉽게 판별할 수가 없다. 그러므로 가능한한 상대의 모든 것을 파악한 후에 결혼을 결정해야 한다.

그러면 어떤 사람과 결혼해야 할 것인가?

첫째, 착한 남자와 결혼하라. 인생이란 당신에게 수없이 많은 공포를 강요하는 법인데, 남편마저도 공포를 주는 사람이라면 당신이 무슨 수로 그것을 감당하겠는가?

둘째, 당신이 그를 사랑하는 만큼이라도 당신을 사랑해 주는 사람과 결혼하라. 이보다 더 이상적인 관계가 어디 있겠는가. 하지만 모든 인간 관계에는 사랑을 주는 사람과 받는 사람이 있는 법이다. 이런 역할을 희생자와 행운자로 비유할 수 있는데, 당신은 물론 사랑을 받는 행운자이기를 바란다. 하지만 희생자라고 해도 사랑에 빠진 아주 행복한 희생자가 아닐까. 그것이 바로 사랑의 마술이다.

셋째, 당신이 더욱 사랑하는 편이라 하더라도 당신을 소중히 여길 줄 아는 사람과 결혼하라. 아내를 소중히 여기지 않는다는 것만큼 아내에게 최악의 문제는 없다. 남편이 아내를 아낀다는 것은 여성에게 매우 중요한 일이다. 그 경우 아내는 그 값진 선물에 보답하기 위해 남편의 웬만한 약점이나 단점은 견딜 수가 있다.

마지막으로, 능력있는 남성과 결혼하라. 아이들에게는 좋은 아버지이며, 당신에게는 훌륭한 애인 정도로는 뭔가 부족하다. 자기 일을 얼마나 성공적으로 해내는가 하는 문제는 매우 중요하다. 무슨 일을 하건, 남성에게 있어 일이란 인생의 거의 모든 것이기 때문이다.

결혼으로 제 2의 삶, 새로운 인생이 시작된다

남성의 결혼관과 여성의 결혼관은 매우 다르다.

결혼을 일생의 가장 중요한 전환점으로 생각하는 여성에 비해 남성은 결혼을 그다지 중요하게 생각하지 않는다. 여성은 자기에게 주어진 조건 속에서 가능한한 최선을 다해 진지하게 '멋진 결혼'을 하려고 하는 반면 남성은 결혼을 단순하고 쉽게 생각한다.

배우자를 고르는 데 있어서도 여성과 남성은 차이가 난다. 여성은 이것저것 따져보고 두 번 세 번 반복해서 상대방을 파악한 후에야 배우자로서의 여부를 결정짓는다. 이에 반해 남성은 주위의 적당한 여성을 골라 쉽게 결혼하려는 경향이 있다. 미모와 상냥한 성격, 약간의 헌신적인 기질만 있으면 만족하는 듯하다.

이러한 차이는 결혼 후의 생활 양상에 대한 생각이 서로 다른 데서 비롯된다. 즉 여성의 경우 결혼 후에는 자신의 삶이 남성에 의해 완전히 달라진다고 생각한다. 능력 있는 남성이라야 자신도 편안하고 행복한 삶을 누릴 수 있다고 믿는 것이다. 그러나 남성의 경우에는 결혼이란 단지 가족이 한 사람 더 늘어난다는 것 외에 별다른 변화로 생각하지 않는다. 결혼함으로써 내조자가 생기고 따라서 약간 편리해질 수 있다고 생각할 뿐이다. 하지만 남성이건 여성이건 결혼을 계기로 다시 태어난다는 사실에는 틀림이 없다. 여성은 여성대로 남성을 중심으로 하는 새로운 세계가 시작되고, 남성은 남성대로 한 가정의 책임자로서 또한 부양자로서의 의무를 다해야 할 새로운 인생이 열리는 것이다. 그러므로 남성이건 여성이건 다같이 타인을 만나 한평생을 함께 살아가야 할 반려자를 선택하는 결혼만큼은 신중을 기해야 한다.

어린 아이가 어떤 부모를 만나느냐에 따라 그 생활 환경도 달라진다. 좋은 부모를 만나면 아이도 안정된 환경에서 편히 자랄 수 있지만, 능력 없는 부모를 만나면 아이의 생활도 어려워진다. 마찬가지로, 어떤 배우자를 만나느냐에 따라 새로 태어나는 환경의 좋고 나쁨이 결정된다. 좋은 배우자를 만나야 좋은 환경에서 멋진 미래를 설계할 수 있다.

마음 속에 새겨두고 싶은 한마디

결혼의 행복은 매우 섬세하여 거친 취급은 금물이다. 인정 없는 손으로 어루만지기만 해도 상처를 입고, 무관심에 의하여 얼어붙으며, 의심에 의해서 부서지고 만다. 결혼이라고 하는 행복의 꽃에는 언제나 부드러운 애정을 계속 쏟아야 한다. 따뜻한 인정의 빛을 내리쬘 때 그 꽃잎은 활짝 피게 되며, 아무것에도 흔들리지 않는 신뢰의 철벽으로 지켜주어야 한다.

— 토머스 스프랏

배우자의 선택은 미래의 행복한 삶과 직결된다

배우자를 선택하고 사랑해 가는 과정에서도 남성과 여성은 많은 차이가 있다. 남성은 즉흥적이고 여성보다 훨씬 더 애정에 약하다. 섹스에 있어서도 여성은 조심스럽고 신중한 데 반해 남성은 무계획적이고 우발적이다. 애정을 느끼고 행동하는 수준, 사고방식 등 거의 모든 것이 큰 차이를 보인다. 사랑에 대한 관념조차도 남성과 여성은 각기 다르다.

사랑은 나의 인생, 나의 전부요,
사랑은 나의 역사, 나의 세계라네.
이제 나는 사랑 앞에 섰네.
사랑은 나에게
온몸으로 오라고 손짓하네.

영국의 여류 시인 엘리자베스 티나의 '사랑의 연가'이다. 여성은 사랑을 인생 그 자체라고 생각하는 것이다. 이에 반해 남성의 생각은 어떠한가?

사랑이란 성스러운 마음이며, 꺼질 줄 모르는 불길이다.
채워지지 않는 배고픔이다!
사랑이란 감미로운 기쁨, 귀여운 광기, 휴식 없는 노동이며
노동 없는 휴식이다!

13세기의 리샤드 도훼니바르의 '사랑'이라는 시이다. 남성은 이처럼 사랑을 하나의 쾌락으로 생각하고 있다.

남성과 여성이 가장 큰 차이를 보이는 것은 배우자의 선택이다. 남성은 여성의 외모를 첫째로 따진다. 그녀가 얼마만큼 매력적인 여성인가를 판별하는 데 외모 이외의 인격 따위는 크게 계산에 넣지 않는다. 우선 겉모습만으로 매력을 평가하는데, 불과 몇 초 동안에 상대 여성에 대한 탐색 작업을 끝마친다.

하지만 여성은 배우자를 미래의 행복과 직결시켜 생각한다. 남성보다는 더 현실적인 측면을 따진다. 그래서 배우자를 고를 때도 무엇보다 경제력을 우선시한다. 여성에게 있어서 결혼은 새로운 인생의 출발이며, 삶 그 자체이기 때문이다.

남성은 결혼과는 관계없이 직업이라는 인생이 따로 있어서 결혼의

의미가 그다지 중요하지 않은 것인지도 모른다. 하지만 여성은 다르다. 설사 직업을 가졌다 할지라도 그것은 일종의 부업일 뿐, 본업은 어디까지나 주부로서 집안을 꾸려가는 일인 것이다.

그러므로 남성처럼 쉽게 배우자를 고르려는 생각은 버려야 한다. 외모만으로 결혼을 결정짓는다면 결국 자신의 선택에 책임을 통감하고 후회하게 될 것이다. 남성의 인격은 물론 사회 활동 능력, 성격 등까지 세밀하게 관찰한 후에 결정하는 것이 바람직하다. 당신이 현명한 여성이라면 일단 한 남성을 마음 속으로 결정한 후, 그를 존경하고 그에게 아버지의 자격이 있다고 판단될 때 태어날 아기의 인생까지 생각하면서 결혼을 계획하여야 한다.

남성은 결혼할 수 있는 분위기가 조성되면 갑자기 서두른다. 그러나 쉽게 결정을 내린다고 해서 남성이 무책임하다고 말할 수는 없다. 남성에게 있어 결혼이란 목표가 아니라 결과이기 때문이다.

남성은 결혼과 함께 '인생의 끝'을 생각한다. 결혼을 결정한 순간부터 더 이상 기쁨이나 달콤한 꿈에 젖어 있을 수만은 없다. 앞으로 어떻게 살아나가야 하는가, 집안을 어떻게 이끌어 나가야 하는가, 생활 설계는 어떻게 세워야 하는가 등의 절박한 문제에 부딪치기 때문이다. 이런 책임감은 성실한 남성일수록 강하며, 또한 책임감을 느낄수록 남성을 구속한다. 따라서 남성은 일단 결혼을 하게 되면 결혼 전의 만남에서처럼 달콤한 말만을 할 수 없는 것이다.

여성은 이런 남성의 심리적 변화를 지켜보며 '남자란 금방 태도가 달라진다.' 고 느낀다. 그러나 어떤 측면에서는 이러한 남성이 오히려 건전하고 책임감이 강한 사람이다. 그저 다정다감하기만 한 남성보다는 매사에 치밀하고 사리 판단이 분명하며 책임감이 강한 남성이 보다 더 훌륭한 배우자가 될 수 있다. 다정다감한 남성은 함께 있을 때만 즐겁다. 하지만 다소 무뚝뚝하더라도 책임감이 강한 남성은 함께 있을 때는 물론 헤어져 있는 동안에도 마음에 안정과 기쁨을 가져다준다.

잘못된 배우자의 선택은 결국 파탄을 가져온다. 그리고 파탄 후에야 비로소 '그 사람이 설마 이런 사람일 줄은 몰랐다.' 며 후회하는 여성들이 있다. '이제 더 이상 참을 수 없다.' 고 분개하는 여성들도 있다. 결국 남성과 여성 간의 다툼이 시작되고 그 결과는 파혼이나 이혼으로 이어진다.

여성은 늘 '남성' 이라는 이미지를 자기 마음대로 결정한다. '다정다감한 남성' 이라는 이미지를 머리 속에 새겨두고 있는 여성은 자기를 대하는 태도에 따라 그 남성의 인격이나 능력까지도 판단하는 경우가 많다. 여성으로서 남성의 속마음을 안다는 것은 매우 어려운 일이다. 여성들이 성장 과정을 통해서 상대하고 경험하는 남성의 이미지는 한결같이 고정되어 있는 일종의 편견에 불과하기 때문이다.

예를 들면, '남성이란 존경해야 할 대상' 이라든가 '남성은 질투하지 않는다.' 는 지식 정도이다. 이처럼 남성에 관한 지식이 부족한 상태에서 결혼을 맞는 여성은 실로 당황하게 된다. '저 남자가 나를 필요로 하고 나도 그냥 싫지 않으니까……' 하는 생각에서 결혼한다면, 당신은 물이 새는지 안 새는지도 검사해 보지 않고 무작정 바다에 배를 띄우고 몸을 던져 항해를 시작하는 것과 같다.

결혼은 곧 인생이며 삶 그 자체이다. 그리고 어떤 배우자를 고르느냐에 따라 그 삶의 성숙도가 달라진다. 결혼 후 '이젠 도저히 참을 수 없다.' 고 후회한다면 그것은 스스로가 배우자를 선택했다는 기본적인 책임감을 망각한 행동이다.

불행을 당한 이후에 후회의 눈물을 흘릴 것이 아니라 사전에 남성을 보는 지혜로움을 가꾸고 어떤 유형이 자기에게 어울리는 남성인가를 숙고하는 것이 바람직하다. 배우자를 결정하기 전에 먼저 자기 취향이나 가치관, 장래의 가정 설계 등을 고려해 남성의 조건과 비교해 보는 것도 한 가지 방법일 것이다.

아울러 배우자의 선택은 바로 당신의 행복한 삶을 선택하는 일이며, 또한 당신의 배우자는 당신 스스로가 결정한 남성임을 잊어서는 안 될 것이다.

마음 속에 새겨두고 싶은 한마디

결혼은 개인을 고독에서 구하며, 가정과 자녀를 주어서 안정을 준다. 결혼은 생존의 결정적인 목적 수행이다.

— 시몬느 드 보봐르

결혼 후에도 자신의 성장을 위해 노력하라

일반적으로 대부분의 여성들은 좀더 순탄한 길, 이를테면 전통적인 방법으로 인생을 멋지게 장식하고 싶어한다. 결혼 적령기의 여성이라면 누구나 '괜찮은' 남자의 이목을 끄는 것은 당연한 일이다. 싱싱한 젊음! 그 자체만으로도 아름다워 보이기 때문이다.

그러니 굳이 힘든 직업을 갖지 않더라도 그 상큼한 젊음 하나만으로 '좋은' 배우자를 구할 수도, 만족스러운 결혼 생활을 할 수도 있다. 그래서 인생의 바람직한 모든 것을 얻고 난 후 훌륭한 남편의 사랑받는 아내로서 자선단체의 기금 모금에 참석하거나 일주일 중 하루는 박물관에서 보내는 생활을 못하란 법은 없다.

아직도 많은 여성의 인생 목표가 바로 그런 생활이 아닐까? 이들은 자신의 남편은 중요한 직업을 갖기를 원하면서도 자신은 그저 남편의 정신적인 내조자이기만을 원한다. 그리고 이따금 사소한 직업을 가져볼 뿐이다.

아마도 당신이 슈퍼맨을 잡기 위해서는 당신에게 매력적인 무언가가 있어야 한다는 사실에는 동감할 것이다. 하지만 슈퍼맨, 즉 멋지고 훌륭한 남성은 바라지 말아야 한다. 당신이 너무도 사랑한 그 사람과 결혼한 후 그는 계속 탄탄대로를 걷게 되고, 마침내 그 멋지고 훌륭한 남성은 당신에게 싫증을 느껴 당신 곁을 떠나갈 수도 있다.

또는 결혼 후 점차 실패를 하게 되어 마침내 중년기의 위기나 직업상의 혹은 그 밖의 불안정으로 인해 당신이 그에게 염증을 느끼게 될 수도 있다. 내가 관찰해 보건대, 남편과 균형을 이루어 좋은 직업을 가진 여성들은 남편에게 이혼당하는 비율이 낮다. 그리고 설사 헤어지더라도 사태를 잘 수습한다.

당신의 경제적인 상태가 어떻든 간에 당신에게 남편 이외의 어떤 일이나 어떤 사람이 있다면, 그것은 당신이 남편을 계속 잡아둘 수 있는, 다시 말해서 당신이 계속 관심을 받을 수 있는 기회가 되리라고 확신한다.

직장과 가정에서 성공적인 여성이 되려면?

1. 집안 일과 직장 일을 엄격히 분리한다.
2. 계획적이고 효과적인 시간 관리가 필요하다.
3. 자녀와 함께 할 시간과 가족 간에 대화할 시간을 충분히 갖는다.
4. 스트레스 해소 및 취미 활동을 위해 노력한다.
5. 집안일을 혼자 도맡아할 것이 아니라 가족 공동의 일로 만든다.

자기 분야에서 최고가 되기 위해 노력하라

'결혼은 해도 후회하고 하지 않아도 후회한다.' 는 말이 있다. 이 말은 인생의 가장 중요한 행사를 앞둔 젊은 여성들에게 갈피를 못 잡게 만드는 말이 되기도 한다.

성인이 되면 누구나 남녀가 만나 결혼을 함으로써 인생을 재창조할 수 있는 기회를 갖는 것은 당연한 일이다.

그러나 결혼을 한다는 것이 그렇게 간단하고 쉬운 일은 아니다. 사랑이라는 튼튼한 주춧돌 위에 세워져야 할 두 사람의 결혼이 조건부터 짜맞춘 후에야 사랑을 만드는 이기적인 결혼 풍조로 바뀌어 있는 것이 오늘날의 우리 현실이기 때문이다. 특히 아내를 인생의 반려자가 아닌 소유물로 생각하여 혼수를 적게 해왔다는 이유로 수모를 겪는 경우도 있다. 따라서 결혼이란 더욱더 어려운 일이 되고 있다.

우리 주위에는 올드 미스가 많다. 사랑에 실패했든, 기회가 없어 올드 미스가 되었든 간에 이런 사람들에게 가장 필요한 것은 자신감이다.

특히 요즘은 자기 일을 갖고 그 일에 몰두하면서 독신으로 사는 여성들이 늘어나고 있는 추세이므로 올드 미스라고 해서 위축되거나 의기소침할 필요는 없다.

대부분 나이가 들면 적당한 시기에 결혼을 하는 것이 안정된 삶을 가꾸는 지름길이라고 생각한다. 그래서 결혼을 재촉하고, 자기 일에만 몰두해 열심히 사는 것을 이해하지 못하는 경우가 많다.

그러나 자기 의지와는 상관없이 결혼을 하기보다는 자기의 분야에서 최고가 되도록 노력하는 것이 중요하지 않을까? 그런 여성이라면 성공적인 결혼도 원하는 때에 얼마든지 할 수 있으리라고 생각한다.

설사 당신이 어떤 이유로 인해 결혼 적령기를 놓쳤더라도 결혼을 인생의 전부라고 생각할 필요는 없다. 어떤 형태의 인간 관계든 인생을 의미있게 만들 기회는 주어진다는 것을 기억하라.

결혼하여 남편이 있고 자식이 있다고 해서 그 여성이 반드시 행복한 것은 아니다. 오히려 그것이 원인이 되어 신경쇠약 증세까지 일으키는 경우도 흔하다. 반면에 올드 미스들도 건전한 사고방식으로 꿋꿋하게 살아가는 경우가 많다. 그렇다면 이런 차이가 생기는 이유는 무엇일까? 결혼 때문일까, 아니면 다른 이유가 있을까?

아무리 자기에게는 결점이 있다고 스스로 생각하는 여성이라도 활달하고 긍정적인 사고방식과 뚜렷한 가치관을 갖고 자신이 선택한 일에 최선을 다한다면 어떠한 곤경도 충분히 극복해낼 수 있다. 이와 반대로 이를 극복하지 못하고 물결에 휩쓸리듯 자신의 좌표를 잃고 점점 더 신세를 한탄하기만 한다면 술이나 담배에 의지해 위로받는 여성으로 전락하기도 한다.

누구에게나 자기의 생활이 있기 마련이다. 같은 무게의 짐을 졌더라도 마음가짐에 따라 몇 배나 무겁게 느껴져 고생스러워하는 사람도 있고, 반대로 여유있게 느끼는 사람도 있다.

현실을 긍정적으로 받아들이고 성실하게 자기의 삶을 개척해 나가면, 주위로부터 신뢰와 사랑을 얻을 수 있을 것이다.

인생을 결혼에 위탁하지 말라

정열이 없는 사람과 정열을 위장하여 결혼하는 것은 잘못이다.
우리는 남녀가 심리적으로 성숙하다는 가정하에 사랑을 결혼의 이상적인 전제로 여긴다.
교제를 성공으로 이끌기 위한 결혼과, 재정적인 안정을 위한 결혼 사이에서 전자는 어느 정도 행복으로 가는 좋은 기회를 가졌다고 말할 수 있다.
자신의 존재에 대한 재정적인 책임을 원치 않는 사람은 대체적으로 자립심이 결여되어 있다. 이런 사람은 동반자와 함께 독립적으로 처신하지 못한다. 교제를 갈망하는 마음은 애정, 친절을 순수하게 교환하고자 하는 마음에 굴복되기 쉽다. 교제는 즐거운 경험을 함께 나누는 길을 발견하는 비옥한 토양이 된다.
사랑이 없으면서 결혼을 위한 결혼을 말하는 20대는 많은 문제를 불러일으킨다. 청년이 경제적인 안정이나 결혼을 위한 결혼을 한다면 그의 자부심의 결여는 행복의 기회를 갖지 못하게 될 것이다.

일단 결혼했으면 행복한 굴레라고 생각하라

에릭 프롬은 '결혼이란, 남녀가 습관적으로 하는 계약' 이라는 극히 피상적인 정의를 내렸지만, 아직까지 어느 누구도 결혼에 대해 뚜렷한 정의를 내리지 못했다.

결혼이란 다른 환경에서 성장한 남녀가 만나 하나의 가정을 이루어 내는 화합의 장이라고 할 수 있다.

여성들이 생각하는 결혼이란 행복의 샘물이며, '마셔도 마셔도 마르지 않는 샘' 이다. 따라서 스무 살 이후 10년 내에 해야 할 일생의 중요한 과제로 인식되고 있다.

겉으로 아무리 시치미를 떼어도 마음 속으로는 결혼이라는 목표를 향해 달려가는데, 그럼에도 불구하고 그것이 잘 안 되었을 때 서서히 고개를 드는 것이 자기 사랑이다. 이것은 결혼의 가장 큰 장애물로서, 극단적으로 말해 신경질적인 노이로제 상태라고 할 수도 있다. 외부 현실과 단절하고 자기 자신이 현실의 기준이며 자신에 대한 환상만 가슴 속에 가득 채워져 남을 고려할 마음의 여유가 없다.

그런 여성들은 뭇 남성들이 자기를 사랑하지 않으리라고는 전혀 생각하지 못한다. 그래서 애인이 자기를 싫어하는 경우에도 자신을 너무 사랑한 나머지 마음을 시험하느라 일부러 그러는 것이라고 생각한다. 또한 내가 그를 사랑해 주니까 그도 나를 당연히 사랑하고 있을 것이라는 환상에 빠진다.

이와 비슷한 증세로 신데렐라 콤플렉스가 있다. 소녀 때의 핑크빛 꿈에서 깨어나지 못하고 현실과 동떨어진 생각만을 하는 것이다. '백마를 타고 와 나를 데려가 줄 왕자가 아직 나타나지 않아서……' 라는 식으로 생각한다.

이런 여성은 결혼을 하더라도 현실과 꿈을 구분하지 못하고 그 소용돌이 속에 휘말려 끝내 좌절하기 쉽다. 따라서 결혼이란 어떤 형태든 결코 서둘러서는 안 되며 마음을 느긋하게 가져야 한다. 주위 사람들이 다그치는 것도 본인보다는 자신들의 초조함 때문이라고 생각하는 게 좋다.

결혼 생활은 기분좋은 굴레다. 남편이나 아이들의 뒷바라지를 하기 싫다면 당연히 결혼할 필요가 없다. 그러나 일단 결혼을 했으면 결혼이 행복한 굴레라고 생각하고 받아들여야 한다. 그렇지 않으면 오히려 스트레스가 쌓여 자신은 물론 가정에까지 불행을 파급시키는 결과가 되고 만다.

결혼은 우선 두 인격의 결합체다. 또한 서로에 대한 이해와 사랑이 있을 때 결합이 이루어지는 것이다. 그런데 이해하지 못한다면 남편으로부터 심한 스트레스를 받게 되어 하루하루가 긴장과 불안의 연속일 수밖에 없다.

사랑은 받는 것이 아니라 주는 것이라고 말한다. 사랑에는 자기 희생이 따른다고도 한다. '나는 그이에게 사랑을 이만큼 주었으니까 나는 좀더 받아야지.' '나도 줬으니 당신도 줘야 해.' 하는 보상 심리는 사랑하는 사이에서는 통하지 않는다.

사랑은 서로의 이해가 밑바탕에 깔려 있어야 오래도록 유지될 수 있다. 즐거울 때 같이 즐거워하기는 쉽지만, 괴로울 때 같이 괴로워한다는 것은 여간 힘든 일이 아니다.

결혼도 마찬가지다. 서로가 서로를 이해하기 위해 노력할 때 신데렐라의 꿈은 단순히 꿈으로서가 아니라 현실로 다가오는 것이다. 이때 비로소 가정은 불안이나 긴장이 없는 오직 행복만으로 가득한 안식처가 되는 것이다.

결혼이란 당신이 어느 곳에 있든지 간에 그곳을 찾아내어 전화해 주는 남자를 갖는 일이다. 또한 결혼은 당신의 일을 자기의 일처럼 진지하게 생각해 주는 어떤 사람을 갖는 일이다. 필요할 때 늘 그이 곁에 있어주고, 그렇지 않을 때는 보이지 않는 곳에서 노력하라.

결혼은 환상이 아니라 노력한 만큼 행복해진다

여성에 대해 얘기하면서 사랑과 결혼을 말하지 않을 수 없다. 사랑과 결혼은 여성에게 있어 매우 중요하기 때문이다.

세 쌍의 커플이 있다고 하자. 첫번째 커플은 갓 사랑하기 시작한 20대로서 그들은 서로에 대해 속속들이 알지는 못한다. 하지만 서로를 이 세상에서 가장 아름답고 귀한 사람으로 생각한다. 그들은 자신들의 사랑만큼 완전한 사랑은 없다고 생각한다.

두번째 커플은 중년으로, 그들의 환상은 이미 깨어진 지 오래고 서로를 연민의 눈으로만 바라볼 뿐이다. 그들이 과거에 서로를 열심히 갈망했던 만큼 오늘날의 반목이 더욱더 깊다. 서로에 대한 말 한마디는 그들의 신경만 자극할 뿐이다. 그래서 피곤과 싫증이 교차되는 냉소적인 웃음으로 서로를 대할 뿐 별로 말이 없다. 오로지 자신들이 하고 있는 일에 대해서만 이야기할 따름이다. 그들은 자녀들로 인해 살아갈 뿐 서로에 대한 흥미도 잃어 버린 지 오래다. 그들에게는 자존심과 권태감만이 남아 있다.

세번째 커플은 40대와 50대 중반으로서, 그들은 환상이 깨어진 다음에까지 오래도록 살아온 커플이다. 그러나 그들은 살아오는 과정에 서로를 사랑하고 아끼는 법을 터득했다. 사실 그들은 상대의 운명을 자기 자신의 운명보다 더욱더 사랑하고, 서로 도우면서 아름다운 인연을 맺게 되었다. 이것은 결코 쉬운 일이 아니다. 그러나 상대의 인격을 더욱 존중하기에 자신의 인격과 갈등을 느낄 때에도 서로에 대한 사랑은 변함이 없다. 그들은 세상에 대항하여 무조건 서로를 지지하고, 진실하지 못하게 만드는 세상의 시련이나 유혹들과 맞서 용감하게 싸운다.

오늘날 교양있는 커플들의 문제는 두번째 단계가 아닌 세번째 단계로 어떻게 발전시켜 나가는가 하는 것이다. 거기에는 결단과 노력이 필요하며, 그 결과 기쁨과 즐거움이 따른다.

아무리 사랑하는 사이라도 함께 살다 보면 갈등이 생기기 마련이다. 그 갈등을 어떻게 풀어나가느냐에 따라 결혼 생활에 대한 만족도가 달라진다. 평소에 감정적인 관계를 잘 맺어두면 상대에 대한 차이점을 참기 어렵거나 인정할 수 없을 때라도 여전히 행복하고 안정적인 관계를 유지할 수 있다.

그러므로 항상 긍정적으로 반응하도록 노력하라. 서로에게 긍정적으로 반응하는 부부는 설사 논쟁중이라 하더라도 애정과 관심이 담긴 말을 할 수 있다. 마음을 닫아 버리기보다는 현재의 문제에 집중하기 때문에 문제를 해결하고 다친 감정을 어루만져줄 기회가 더 많은 것이다. 자신의 감정을 행동으로 표현해서는 감정싸움으로 비화될 우려가 있다. 행동이 아니더라도 자신의 감정을 얼마든지 말로써 표현할 수 있고, 그것이 갈등을 갈등을 풀어가는 방법이다.

행복한 결혼 생활을 유지하는 비결

- 어떤 남자에게나 약점은 있다. 그럼에도 불구하고 그 사람은 이 세상에서 당신이 사랑하는 유일한 남자이다.
- 다른 부부의 행복을 시기하거나 질투하지 말라. 사람이 각기 다르듯이 결혼생활도 서로 각각 다른 법이다.
- 당신의 남편을 너무 위대한 사람으로 생각하지 말라. 그는 나폴레옹이 아니다. 처음에는 그처럼 위대해 보였더라도 살다보면 차츰 단점을 발견하게 마련이고, 남편에 대한 당신의 존경심도 조금씩 줄어들지 모른다. 그래도 그는 당신의 남편이다. 늘 남편을 돕고 감싸주어라. 특히 대중 앞에서 그를 끌어내리는 것은 절대 금물이다.
- 그의 가족이 바로 당신의 가족이다. 당신이 먼저 그들을 사랑하라. 그들을 아끼고 존경하라.
- 남편의 일을 소중히 여겨라. 직장에서 일하기를 싫어하는 남편보다는 일에 미쳐 조금 늦게 귀가하는 남편이 낫다. 남편으로 하여금 일에 대한 야망을 갖도록 격려하라. 그의 직장 동료들에게도 상냥하게 미소지어 보여라.
- 그의 말에 귀를 기울여라. 남편이 대화를 하고자 할 때는 하던 일을 잠시 멈추고 그의 눈을 쳐다보면서 시시한 화제든 중요한 화제든 경청하도록 하라.
- 칭찬에 인색하지 말라. 또한 선물을 하라. 진심이 담긴 선물은 많이 할수록 좋다.

결혼은 현재뿐만 아니라 미래도 함께 나누는 것

결혼은 정신적이면서 또한 육체적인 것이다. 결혼은 예술적인 작품이면서 현실 속에 존재한다. 결혼은 종족 보존을 목적으로 하면서 동시에 그 자체의 권리로서도 존재한다. 결혼은 부부가 현재를 함께 함은 물론이고 과거와 미래의 결합이기도 하다.

결혼은 고상한 사상에 의해 이루어지는 것이 아니다. 결혼은 일상 생활 속의 사랑에 의해 성장하는 것이다.

결혼은 한 남자와 여자가 공개석상에서 부부됨을 선언함으로써 시작된다. 그러나 어린 아이가 태어났다고 해서 곧 완전한 인간이 되지 않듯이, 결혼을 선포한다고 해서 완전한 부부가 되는 것은 아니다. 나약하기 때문에 성숙이 필요하다. 그러나 이것은 어린 아이처럼 섹스, 에로스, 아가페의 결합만으로 되는 것은 아니다.

남편과 아내는 즐거운 일, 슬픈 일들을 함께 나눈다. 비극과 황홀감을 같이 나눈다. 두 사람 사이에서 아이가 태어나 요람에서 자라고, 아버지와 어머니의 손을 잡고 걸음마를 배운다. 아이가 아플 때 함께 걱정하며 눈물을 흘린다. 만일 커플 중에서 어느 한 사람이 병들면 나머지 한쪽이 두 사람 몫을 한다. 남편이 실직당하면 교양있고 지혜로운 아내는 그 상황을 타개할 길을 모색할 것이다.

그러나 남편과 아내는 아무리 교양있는 사람들일지라도 갈등을 느끼고 마찰을 일으키기도 한다. 그들은 서로를 이해하지 못하거나 상대방의 입장에 서서 생각하지 못하고 양보하지도 않는다. 그래서 거친 말이 오가고 무서운 고독감과 불행과 비참함을 맛보기도 한다.

그 후 그들은 다른 어느 누구도 자신들을 도울 수 없다는 것을 깨닫고, 서로의 건강과 가정을 돌볼 사람은 자신들뿐임을 깨닫는다. 그리고 자신들의 얄팍한 이기주의를 부끄러워한다. 그리하여 결혼은 남편과 아내가 함께 생각하고, 함께 음악을 듣고, 또한 불행한 순간에 함께 대화하는 가운데서 성장해 가는 것이다.

교양있는 남편과 아내는 현재뿐만 아니라 미래도 함께 나눈다. 미래의 계획과 희망, 그리고 불안을 나눈다. 그들은 저녁에 다시 만나게 될지 혹은 못 만나게 될지 모르는 불확실성 속에서도 과거와 미래를, 희망과 두려움을 함께 나눈다. 이것이 결혼 생활이며, 언제까지나 변하지 않는 것이다. 당신이 부부관계를 깨뜨리기로 마음먹고, 또 법률이 그것을 인정해 재판관이 이혼을 선언했을지라도 부부가 공유했던 여러 가지 경험들을 둘로 나누지는 못할 것이다. 또한 유기체의 결합을 해체하지 못할 것이다. 당신은 모든 존재의 조직과 함께 파트너와 결합되었다. 그러므로 그이가 당신의 파트너인 것이다.

사망과 파괴가 이 지구를 뒤덮을지라도 결혼은 그 정당성을 보존한다. 폭풍 속에 서 있는 등대처럼 사랑하는 아내는 가정을 의미한다. 정열, 신비, 겸손, 열정, 삶의 희열, 이 모든 것이 부부간의 사랑이다.

행복한 부부가 되는 10가지 비결

1. 항상 감사하는 마음으로 행복한 표정을 지어라. 욕심을 줄이고 작은 일에 행복을 느낄 줄 아는 태도를 가지면 주어진 상황이 달라 보이고 스트레스가 덜 쌓인다.
2. 서로 격려하며 긍정적으로 생각하라. 긍정적인 말로써 상대방을 격려하면 신뢰가 쌓인다.
3. 다른 사람과 비교하지 말라. 있는 그대로의 상대방을 인정하도록 한다.
4. 상대의 말을 잘 들어줘라. 말을 들을 때는 맞장구를 쳐주고, 설사 당신의 마음에 들지 않는 행동을 한다 해도 비난하지 말고 당신의 느낌이나 기분에 대해서만 말하도록 한다.
5. 작은 성의를 투자하라. 로맨스는 우연히 오는 것이 아니라 창조하는 것이다. 자주 같이 시장을 보거나 식사 또는 다른 가사일을 돕는 것도 좋은 방법이다.
6. 글로써 사랑을 표현하라. 편지나 이메일, 또는 문자라도 좋다. 상대방에 대한 칭찬과 고마움을 글로 나타내는 것은 말과는 또다른 흥분과 기쁨을 선사한다.
7. 취미에 투자하라. 함께 할 수 있는 취미를 가지면 대화도 늘고 서로의 이해도 깊어진다.
8. 가끔은 함께 여행을 하라. 여행은 그 전날의 기대와 준비하는 과정만으로도 서로의 애정을 깊게 하기에 충분하다.
9. 매일 한 끼라도 함께 식사하고 한 달에 한 번은 외식하라. 부부가 마주앉아 정답게 식사하면 가정의 평화가 이뤄지며, 외식은기분전환뿐 아니라 지루한 일상에서 벗어나게 한다.
10. 기념일을 챙겨라. 생일이나 결혼 기념일 같은 날에 작은 이벤트를 하는 정성을 보여라.